中公文庫

# 消え失せた密画

エーリヒ・ケストナー
小 松 太 郎 訳



中央公論新社

# 消え失せた密画　目次

1 パパ・キュルツは盛りあわせの冷肉を食べる……9

2 イレーネ・トリュープナーは心配になる……30

3 美術が話題になる……43

4 「四つ葉の馬蹄」で酒盛……62

5 さらばコペンハーゲン……80

6 厄介な税関吏……99

7 スーツケースと葉巻……113

8 正直者のはなし……130

9 初めて知る妻の心……148

10 ダンスホールのメッセンジャー……160

11 仮装舞踏会の幕が閉じる……181

12 リープリヒおやじのグロック酒場……202
13 警部は一つの理論を持っている……216
14 シトルーフェ氏の不思議な尋問……235
15 苦難のスカート倶楽部……250
16 ベルリンに到着……269
17 こんなはずではなかった……289
18 動力化した紙撒き遊び……307
19 キューレヴァイン氏は蒼くなる……327
20 これで間違いなし……344

訳者あとがき 361

解説 深緑野分 366

## 登場人物

オスカル・キュルツ……………肉屋の親方
エミリエ・キュルツ……………オスカルの妻
シタインヘーフェル……………世界的に有名な美術品蒐集家
イレーネ・トリュープナー……シタインヘーフェルの秘書
ルーディ・シトルーフェ………謎の青年
ヨアヒム・ザイラー……………シトルーフェの友人
白鬚の老人………………………盗賊団の首魁
シトルム…………………………耳のずり上がった小柄の紳士。盗賊団の一味
フィリップ・アハテル…………鼻の赤い紳士。盗賊団の一味
カルステン………………………盗賊団の一味
キューレヴァイン………………保険会社「ベロリーナ」の社長

# 消え失せた密画

## ～または或るセンチメンタルな肉屋の親方の冒険～

# 1　パパ・キュルツは盛りあわせの冷肉を食べる

コペンハーゲンの、王立オペラのある広場はコンゲンス・ニトルフ〔ニュートー〕と呼ばれている。非常に気持のいい、大きな広場だ。この広場を、時間をかけてゆっくり観察しようと思ったら、オテル・ダングルテールの前に腰をおろすのがいちばんいい。

ホテルの正面の屋外には、椅子とテーブルが幾筋かの長い列をつくっている。諸国の遊覧者たちは並んで腰をかけ、行き届いたサービスを受けて、いやでも人生の快適さに満足を感じないではいられない。ついでに言っておくが、椅子も客も一人として広場に背中を向けている者はいない。管理のいい野外劇場の、うしろの観覧席にでもいるように、みんなそろってオペラ座の正面に顔を向け、コペンハーゲンの市民たちが毎度、遠来のお客さまたちに演じて見せる、陽気なにぎわいをおもしろがって見物している。

じっさい、このコンゲンス・ニトルフくらい不思議な所はない！　誰かが何年間かデンマークを離れていたとして——その間にいずれどこかの国々では革命も起こっているだろうし、アフガニスタンではおそらく王位を簒奪《さんだつ》した男が、従弟《いとこ》の義勇兵に絞め殺されたり、日本では地震が起こって、少なくとも一万の家屋が、アルテンブルク製のスカート〔ドイツのカードゲーム〕用のトランプで建てた家のように、ぺっちゃんこにつぶされているかもしれない——ところが、そのあとでまたアマゲルガーデを歩いて、左に曲がって、ダングルテールを眺めると、瀟洒《しょうしゃ》な身なりをした淑女たちや国外の貴顕紳士たちが、相もかわらず、ホテルの前に五段に並んで、十いくつかの外国語で会話を交し、広場の陽気な雑踏を根気よく眺めながら、平然とした顔のうしろに、デンマーク料理の味のすばらしさを隠すのに苦心している。

コンゲンス・ニトルフでは時がまったく静止しているのだ。

こんなふうなところだから、したがって肉屋の親方オスカル・キュルツがこの広場を横切って、オテル・ダングルテールに足を向けた年代を、はっきりきめる必要のないことは言うまでもない。

キュルツは緑いろの、ぼてっとした、粗《あら》毛布の背広を着て、ビロードの茶の中折をかぶって、ごま塩の口髭《くちひげ》を生やしていた。右手には節くれだった散歩用のステッキをたずさえ、左手にはグリーベンの旅行案内書「コペンハーゲンとその近郊」を握っていた。

彼は、そのうしろがテーブルの最前列になっている、手摺《てすり》の前まで来て、立ち止まると、ズラリと並んだ椅子の客を、物思わしげに、おずおず眺めた。そのとき何かささやきながら、連れの男のほうにからだを屈ませた一人の女がいた。ひどくめかしこんだ、はでな女だった。するとその男はキュルツのほうをチラッと見て、おだやかにちょっとほほえんだ。何かを大目に見て赦《ゆる》すといったような微笑《わら》い方だった。

それが万事を決定したのだった。あの紳士が微笑わなかったら、キュルツの親方はもっと先へ足を運んでいただろう。そうしたら、これからおもむろに始まろうとしているこの物語は、究極において実際にたどったのとは全くちがった、別な途を進んだにちがいない。

ところがキュルツは、口の中で「バカヤロウ」とひとりごとを言って、あいたテーブルに傲然《ごうぜん》と腰をおろした。こうして彼は事件の歯車に巻きこまれてしまったのだった。自分にとってなんの関係《かかわり》もない事件。そのくせ、その事件のために彼は、またたき一つするひまに、体重を五ポンドも支払わなければならなかったのだった。

キュルツが腰をおろすと、華奢《きゃしゃ》な椅子が痛そうに唸った。制服を着た少年のボーイが飛んで来て、

「プリーズ、サア？　(ご注文は？)」と、言った。

客はビロードの中折を襟首までずり落とした。

「こりゃどうも。デンマーク語はさっぱりわからんのでな。ビールを一杯。黒でねえ普通のやつを。大ジョッキを」

ボーイには全然意味が通じなかった。ボーイはお辞儀をして、ホテルの中へはいった。

キュルツは満足そうに両手をこすった。

すると、やがて燕尾服を着た給仕がやって来た。

「いらっしゃいませ。何を召しあがりますか？」

客はけげんそうに給仕を見上げて、

「ビルスナーの大ジョッキを一杯たのんだんだがなあ。わからなんだら、この次は支配人をよこすんだな。それとも願書を書いて出したほうがええですかな？」

「ビルスナーですか、かしこまりました！」

「それから何か食うものがほしいんだがな。お手数でなかったら、冷肉の盛りあわせを一皿たのみます。ちいさい皿でいいんだぜ。いろんなソーセージを盛りあわせたやつをな。わっしゃあ稼業柄《しょうばいがら》、デンマークのソーセージに興味を持っとるだ。わっしゃあベルリンで肉屋をやっとるでね」

給仕は思ったことを口に出さなかった。そのかわりにお辞儀をして行ってしまった。

キュルツはステッキを手摺に立てかけ、茶のビロードの中折を時代のついた角《つの》の帽子掛けにかけて、いい気持にうしろへよりかかった。

椅子の背中が悲しそうに唸った。

キュルツは椅子とテーブルをしきりと眺めて、

「まったくこりゃあ、お子様用の家具だね」と、心配そうに言った。

隣のテーブルにひとりで腰をかけていた若い女が、キュルツのひとりごとをきいて、こらえきれなくなってクスッと笑った。

オスカル・キュルツはハッとした。彼は上体を半分右へ回して、無器用にヒョコンと一つお辞儀をして「ごめんなさいよ！」と、言った。

娘は明るくうなずき返した。

「どういたしまして。わたしもベルリンですわ」

「ハハア！　どうりでドイツ語をお話しになると思ったです！」

言ったあとで、キュルツはすぐに、自分の下した断定の、底知れぬ意味の深さに気がついた。われながら自分の間抜けさ加減に腹がたって、頭をゆすぶった。それから、気のきいたことばも浮かばないので、

「わっしゃあキュルツちゅうもんでごわす」と、自己紹介をやった。

娘はパチンと両手を叩いて、

「キュルツさんですって？　まあ、愉快！　じゃあ、うちの肉屋さんだわ！」

「オスカル・キュルツですか？」

「さあ、それはどうですか。でも、キュルツさんていう肉屋さんがそんなに何軒もあるんですか？」

「たしかに何軒もあるです」

「カイザーダムでしょう？」

「そりゃあ、オットーだ。そりゃあ、わしんとこの末の息子でさあ」

「すばらしい肉屋さんだわ」と、娘は折紙をつけた。

「悪くねえです、自慢じゃねえが。しかしやつのレバー・ソーセージときたら、全然なっとらんです。一度フーゴーんとこのレバー・ソーセージをお買いになってみて下さい！　こいつぁうちの次男坊ですがね。シテークリッツのシュロース街です。こいつのレバー・ソーセージはたいしたもんですよ！　じっさい！」

「だって、カイザーダムに住んでちゃ、ちょっと遠いわ」と、娘は言った。「いくらレバー・ソーセージがおいしくってても」

「そのかわりまたフーゴーのやつときたら、肉のサラダはまるっきりだめなんです。へえ、いくら教えてやったって、こいつだめなんでしてな」

おやじは容赦なく宣告を下した。

「そうお！」と、娘は言った。

「肉のサラダはエルヴィンの十八番《おはこ》です。こいつぁわっしの長女の婿です。ランズベルガー・アレーにおるです。エルヴィンのマヨネーズだったら間違えねえです——何はさておいても、こいつだけは、ぜひおすすめしますよ、お嬢さん！」

「で、いったいご自分のお店はどこにおありですの？」娘は驚いて訊《き》いた。あんまり大ぜい肉屋が出てくるので、頭の中がごっちゃになってしまった。

「ヨーク街です」

キュルツはそう言って、

「昨年の十月にゃあ、開店三十周年のお祝いをやりました。来年は弟のカールの番です。来年の四月、そうじゃない、五月です」

「まあ、弟さんも肉屋さんなんですか？」

娘は心配そうに訊いた。

「もちろん！　ショーウィンドーが三つもついとるです！　場所はシュピッテルマルクト

ですがね。それからわっしの長男のアルノーもそうなんです。こいつはブライテンバッハ広場に店を持っとるです。ええと、それからゲオルク、これはわっしのもう一人の婿ですが、こいつの店がウーラント街です。それからわっしの次女のヘートウィヒですがね、こいつは学校の教師か、ピアニストか、消防夫のとこへお嫁に行くだ、どんなことがあっても、肉屋だけはまっぴらだちゅっとったです！　ところがね、これがやっぱり、うちで二年間一番職人をやっとったゲオルクといっしょになっちまったです」

「まあ！」

娘はすっかり参ってしまった。

「驚いたわ！　肉屋さんばかりじゃないの！　わたし夢に見そうだわ！」

「こりゃ運命ですな」

キュルツはそう言って、

「わっしのじじいが肉屋で、おやじが肉屋で、家内のおやじがこれまた肉屋だったです。ソーセージの製造は、いわば親譲りの家伝ってやつでしてな」

「美しいお話ですわ」と、娘は言った。

このとき給仕がやって来た。彼は双児《ふたご》の乳母車を動かすような慎重さで、配膳車を押して来た。テーブルの上には一杯のビールのほかに、ソーセージと冷肉を並べた皿が載っていた。

肉屋の親方がソーセージの皿を見てびっくりしたとしたら、それにはなにか特別な理由がなければならない。

キュルツはひどくびっくりした。

「こいつは間違えだろう」

キュルツはそう言って、

「わっしゃあ小さい盛りあわせを一人前たのんだつもりだが、きみの持って来たのは、こりゃあ十二人分の皿じゃあねえか！」

給仕は肩をすくめた。

「だんながデンマークのソーセージをご研究になりたいとおっしゃったんで」

「しかし、クリスマスまでかかって研究しようたあ、わしゃ言わなんだぞ！」

キュルツは唸った。

隣の娘が笑いだした。

「ご職業《しょうばい》の犠牲ですわ、キュルツさん。歯を食いしばって我慢なすったら？　どうぞ、じゅうぶんに召しあがって」

コンゲンス・ニトルフの上を鳩がチョコチョコ歩いていた。羽の色は青と灰いろと銀緑だった。鳩たちはしきりにうなずいていた。どういうわけで鳩はあんなにうなずくのか、われわれはちょっと判断ができかねる。ただ、一つの悪癖にすぎないのだろうか？　自動車が道へ来るとパッと飛び上がった。まるで天国へ帰る雲のように。

親方のキュルツはナイフとフォークをつかんだ。

「そのためにわっしゃあ、今、ずらかってきたんだ」

感にうたれたようにキュルツはつぶやいた。

二、三列うしろの、ホテルの入口に近いところに、紳士が二人腰をかけて新聞を読んでいた。新聞を顔の前に広げているけれども、ことによると、ほかに目的があるのかもしれなかった。グーテンベルクが画期的な発明をして以来、印刷物を顔の前に広げてさえいれば、猫も杓子《しゃくし》もほんとうに活字を読んでいるのだと、あまりにも習慣的に世間は考えすぎる。

よろしい、実際そうであるなら何も言うことはない！　二人の紳士は全然読んでいるのではなくって、新聞を隠れ場所に利用しているのだった。新聞のすみっこから親方のキュルツとベルリンの娘を偵察していたのだ。一人は見たところちょっと、四十代になってからは歌よりも赤ブドウ酒のほうで多忙な人気者のテノール歌手、ただし忙しいのは赤ブドウ酒の栽培のためではなくて、もっぱら消費のためなのである。この紳士の鼻は——音楽的な表現を用いれば——鼻で歌でもうたいそうであった。それは凍傷を思わせるような青赤色をしていた。

もう一人は小柄で、栄養不良だった。顔ももう新品とは言えなかった。耳は珍しく頭の上のほうに付いていた。ちょうど梟《ふくろう》の耳がこんなふうだ。おまけにその耳がひどくおっ立っていて、日の光が透いて見えた。

「たしかに呼んだんだぜ」

テノールはこう言った。いかにも鼻にふさわしい声だ。

小柄な紳士は黙っていた。

「ひょっこり出会ったように見せようとしてるんだ」

テノールはそう言って、

「おりゃあ、ひょっこり会ったとは、思わねえ」

耳のずり上がった、小柄な紳士は頭を振った。

「いや、ありゃあ、ひょっこりだ。シタインヘーフェルのじじいが、娘のとこへ、だれか人をよこすかもしれねえってことは、考えられる。しかしあんなでかい男を、チロル人に仕立てて、コペンハーゲンによこすなんて、そんなべらぼうな話があるかってんだ。そいじゃあまるで、この男はかようしかじかの用事で参りやした、と野郎の首に札をぶらさげて書くようなもんだ」

「物事ははっきりとしねえほうが、おりゃあ好きさ」

赤ブドウ酒の専門家がこう言うと、小柄な紳士は笑って、

「じゃあ、おめえ、行って訊いてみな」

相手は不平らしく文句を言い、コップをぐいとあけて、また注《つ》いだ。

「娘はなんだってまだ部屋を解約しねえんだろう？」

「あしたにならなきゃ発《た》たねえからさ」

「それと、あのチロルの男を待ってたからさ！ 見ててみろ、きっとおれの言うとおりだから！ 嘘は言わねえよ、おれの名前がフィリップ・アハテルであるごとく！」

「こいつぁ驚いた！」

小柄な紳士はクスクス笑って、

「おめえの名前がフィリップ・アハテルであるごとく？ そのくれえの確かさでいいのか、ええ、おい？」（アハテルは1/8の意）

アハテル氏はムッとして、

「よせやい、へんなこと言うのは！」と、言った。

その声は、さっきよりまたいっそう錆《さ》びついていた。アハテル氏は神経質に頭髪《あたま》を手で撫でた。

「すっかりまたきれいに生えたじゃねえか」

小柄な紳士はそう言って、からかうように瞼《まぶた》をパチパチやった。

「療養所からけえったばかりたあ、どう見ても思われねえ」

「人聞きのわるいこと言うなよ！」

アハテル氏はそう言って、

「そりゃあそうと、あのチロル人のぱくつきゃがることたあどうだ！」

小柄な紳士が立ち上がった。

「親分に電話をかけてみよう。あの大物食いを親分がどう思うか」

親方のキュルツはソーセージの切れを次から次へ、我慢してたいらげていったが、そのうちにとうとうナイフとフォークとナプキンを横へ置くと、まだたっぷり中味の残っている皿をいまいましそうにジロリとにらみ、

「こりゃもうあきらめた！」と、肩をすくめた。

キュルツはそれから、きれいな娘のほうを見てニヤリと笑った。

「いかが、おいしかって？」

キュルツはぐったりしたようにうなずいた。

「たしかに。さすがにデンマーク人はソーセージの作り方を心得とるですな」

給仕が来て、テーブルを片づけた。

キュルツは葉巻を出して、うまそうに吸いはじめた。それから彼は一方の足をもう一方の足の上に載せて、言った。

「わっしがここに腰かけてるところを、かかあが見たら、なんて言うでしょうかな」

「どうして、奥さんを連れていらっしゃらなかったの？」

娘はそう訊いて、

「お店がおはなしになれなかったの？」

「いや、実はそんなわけじゃねえです」

キュルツは悲しそうにそう言って、

「わっしがコペンハーゲンにいることは、かかあのやつあ全然知らねえです」

娘はびっくりしてキュルツを見た。

「伜《せがれ》たちも知らねえです」

バツが悪そうにキュルツはそう言って、

「娘たちも知らねえです。婿たちも知らねえです。嫁たちも知らねえです。姉も妹も知らねえです。孫たちも知らねえです」

そこで一息いれて、キュルツはまた言った。

「あっさり飛び出して来ちまったです。なんと、あきれたでしょう？」

娘は意見を述べるのをさしひかえた。

「急にどうにも、やりきれなくなっちまいましてね」

キュルツ氏はこう言って告白した。

「土曜の晩でしたよ。どうしてだか自分にもわからんです。店じゃみんな忙しかったです。わっしゃあ裏へ行って、屠殺所からアルトドイチュ・ソーセージを一本とって来ようと思って屠殺所の窓の前に立ちどまったです。二番職人が挽肉器《ひきにくき》で牛肉を挽いとったです。うちでは挽肉がばかによけい出ますでね、へえ。するてえと、歌いつぐみが一羽啼《な》きゃがったです」

キュルツはこう言って、藪《やぶ》のような口髭を撫でた。

「歌いつぐみのせいでもなかったでしょうがね、ふいとわっしの生涯が胸に浮かんできたです。まるで神さまがボタンでも押したようにですな。いままでの三十年間の、犢《こうし》の腿肉《ももにく》や、ファンシー・ハム、羊の腿肉や豚の肢《あし》の野郎が、何百ポンドって目方でわっしの胸にのしかかって来たです。それで、わっしゃあ急になんだか、こう息ができなくなっちまったです！」

キュルツは考えこむように、こう言って、葉巻の煙を吸いこんだ。

「わっしの生活などは、むろん、平凡なもんです。それでも、まあ、どうやら不自由なしに暮らしてきたです。〈ちっとばかり金がたまったな〉と、思うと、いつも子供の一人が結婚するって言やがるです。そいでなきゃ、弟か、かかあのおやじがやって来て、持ってっちまうってあんべえで、自分のためにゃあまるっきり暇がねえです」

キュルツはごま塩頭をうなだれた。

「それで、まあこんなふうなことを考えてたときに、歌いつぐみのやつが一羽啼きゃがったです。いや、お嬢さん、ずいぶん長え生涯ですよ——あっちを見ても、こっちを見ても、ソーセージの串や、冷蔵庫、まないたや、塩漬桶ばっかりですでな！　こいつあ豚でも我慢しませんや。ましてあんた、肉屋じゃ我慢ができねえ！」

老人はだるそうに両手を上げてまたおろした。

「それからどうなすったの？」

娘はそっと訊いた。

「それからひとまずアルトドイチュ・ソーセージを店へ持って来たです。それから店をしめて、勘定をしたです。いつも土曜日にやるのと同じことを、ねじを巻いた自動人形みたいに、やったです。それからあとでわっしたちゃあ、ヘートウィヒ夫婦の所へ遊びに行ったです。オットーがかみさん連れてやって来たです。それからわっしたちゃあ売上げのことや、卸《おろし》値《ね》段《だん》のことや、子供たちのことを話し合ったです。フリッツのやつが学校から百日咳を伝染《うつ》されて来たことや、クルトのやつが、大きくなったら屠殺業組合の組合長になるだ、って言ったことや、そんなふうなことをみんなでしゃべくったです」

オスカル・キュルツはハンカチを引き出して、まっさらな五線紙のような縦皺《たてじわ》の見える額をぬぐった。

「わっしゃあ家族がかわいいですよ。稼業《しょうばい》もかわいいですよ。ところが、それがいっぺんに、みんないやになっちまったです。わっしというソーセージの機械が、ピタリッと止まっちまったわけですな。パチッ！　ショートして、それっきりになっちまったです！　いったい、なんのために人間はこうして働いてばかりおらにゃならんですか？　そして他人のことばかり考えておらにゃならんですか？　なんのために生きてくことが楽しいですか？　馬車うまみたいに、うしろも振り返らねえで、屠殺所からまっすぐ墓場へ駆けつけるためですか？　人間、だれでも、たまにゃあ自分のことを考えるですよ。このキュルツの親爺《おやじ》だけが考えちゃならんちゅう理屈はねえでしょう？」

　キュルツは頭をゆすぶった。

「歌いつぐみが啼かねえように、警察令で禁止すりゃええだ。そうすりゃええです、そうすりゃあ、いや、しかし、こいつはわっしの領分じゃねえ。日曜の朝はどっちみち五時にはもう起きるです。わっしゃあエミリエに——かかあはエミリエっていうです——ベルナウのゼルプマンのとこへ行ってくるよって言ったです。（ゼルプマンとわっしとは、昔いっしょに、ポツダムのシュミッツんとこの職人だったですでな）それからわっしゃあ金をポケットへ入れて、シテティン駅へ行ったです。そして何時の急行があるかな、と思って調べたです。できるだけ遠くへ行っちまおうと思いましてね。それで日曜の午後コペンハーゲンへやって来たです」

　キュルツは自分の出奔を思い出してわらった。学校をさぼった生徒のようにニヤリとした。それがことにモシャモシャのごま塩の口髭のせいで、ひどく延着した微笑という感じだった。

「まあ、悪いひとねえ、キュルツさん！」

「いや、悪い人間じゃねえですよ、わっしゃあ！」

「せめて、じゃあ、方々よく見物なさいました？」

「しましたとも」

キュルツはそう言って、

「じゅうぶん、あっちこっち見物して歩いたです。レースキルデにも行ったし、マルメーにも行ったし、ハムレットの墓へも行ってみたです。もっともその墓にハムレットが眠っとるかどうか、こいつぁ疑問だと思ったですがね。ギレレエーにも行って、湖水に漬《つ》かって来たです。いや、お嬢さん、わっしゃあどうしてももっと早くから世の中を見物しなかったかと思って——自分の横面《よこつら》を一時間くらいひっぱたいてやりてえ気がしますよ」

「お宅へは何べんぐらいおたよりなさいまして？」と、娘は訊いた。

「まるっきりしねえです」

キュルツはそう言って、

「うちのやつらはいつまでベルナウにいるのかと思って、不思議がっとるですよ！」

「失礼だけれど」

娘は真剣な顔をして、

「それはあんまりですわ！　奥さんは遅くとも月曜日の朝、きっとベルナウに電話をかけて、あなたが全然いらっしゃらなかったことを、お聞きになっていらっしゃるわ！」

「そうでしょうか」

キュルツはそう言って、

「エミリエのこったで、やりかねんですな」

「ことによると、事故があったとお思いになるかもしれないわ！　おうちのかたは、そりゃ、どんなに心配してらっしゃるかもしれないわ」

「心配したってかまわんですよ！」

キュルツは平気でそう言って、

「わっしもいっぺんぐれえ静養がしたいですよ。要するに、わっしだとて、サンタクロースじゃねえですでな！」

娘はしばらく黙っていたが、やがて、

「もちろん、肉屋さんの親分になって、お祖父《じい》ちゃんになってみなきゃ、どんな気持かわたしにははっきりわからないけれど」

「そうですとも」と、キュルツは言った。

「でも、一つだけ言えるわ。大いそぎで絵はがきを買って、奥さんにお出しになるんだわ。今すぐによ。ホテルの玄関で絵はがきを売ってますわ」

キュルツは娘の横顔をじっと眺めた。

「ねえ、お願いだわ」と、娘は言った。

　キュルツは決心して立ち上がると、ホテルへはいって行った。

「こりゃあかん、もうまた尻に敷かれてしもうた！」と、つぶやきながら。

　ホテルの玄関には売店があった。キュルツはサックから読書用のめがねを出してかけて、それから絵はがきを検分した。長い間かかって捜したあとで一枚のきれいな港の景色を選《よ》り出して、売店の女の子のほうへ差し出しながら、

「それから六ペニヒの切手を一枚。それとも、ドイツへ出すんだと、もっと高えかね？」

と、訊いた。

　売店の女の子はキュルツのことばを聞いて、ポカンとしていた。

「おい、六ペニヒの切手一枚だ」

　キュルツは唸るように言って、

「ちっとばかり、早いとこたのむぜ」

　すると、耳がひどく頭の上にずり上がっている小柄な紳士が、隣で、

「六ペニヒの切手はここじゃ売っていねえですよ。買ってもあんまり役にゃたたねえですよ」

と、言った。

「そんなら十二ペニヒでも十五ペニヒでもかまわんだ！」

小柄な紳士は頭を振って、

「それもここにゃあねえですよ」と、言った。

「どうもわからんな。絵はがきを売っとる所にゃ切手だってありそうなもんだが」

小柄な紳士は笑った。笑うと、この紳士はよけいに耳が高くなった。

「切手はここで売っとるですよ。しかしドイツの切手は売っちゃおらんです――デンマークの切手を買われたらどうです？」

## *2* イレーネ・トリュープナーは心配になる

小柄な紳士はひどく世話好きだった。善良な人間にとっては、ひとの困っているのを助けるのは、つねに気晴らしになるものだ。かれらは快楽主義者なのであって善を行なうことによって、その道徳的快感を満足させるのである。

そんなことはどうでもいいとして――肉屋の親方キュルツは、ちゃんと切手を貼ったきれいな港の風景を手に持ちながら、小柄な紳士としゃべっていた。話を始めてから、もう五分くらいたった。中年の男どうしの意気投合くらい世の中に美しいものはない。

キュルツは初めて会った知らない男に、しまいには自分の紙入れまで渡してしまって、デンマーク紙幣の購買力について、特にドイツの金と比較しながら、詳細な教授を受けた。小柄な紳士はすんでのことで紙入れを返すのを忘れるところだった。それがおかしくって、ふたりは心から笑い合った。

「さて、わっしゃあまたテーブルへ帰らにゃならんです」

ベルリンの親方はこう言って、

「わっしゃあキュルツって者でごわす。いろいろご高説をうけたまわって愉快でした」

「いや、わっしこそ」

小柄な紳士はそう答えて、

「わっしゃあシトルムって者でござんす」と、言った。

ふたりは握手をした。

そのとき新聞屋の使いがホテルの前にとまって、自転車から飛び降りると、一包の新聞を持って、車寄せからホールへ駆けこんで来た。売店の女の子は第一面の大見出しをチラッと見て、頬《ほ》っぺたを日の丸のようにした。使いはすぐに自転車に引き返して、あわてて走り去った。往来では通行人たちが立ちどまって、いっしょに新しい新聞をのぞいていた。

　ホールの客は何かあったな、と感づいた。みんなが売店へ押しかけて、新聞を買った。彼らは新聞を読んで、世界じゅうのことばをごちゃまぜにして話しあった。

「こりゃまさにバベルの塔ですな」

　キュルツはそう言って、

「わっしにゃあこのガヤガヤ言っとるのがチンプンカンプンで、一言もわからんです。しかし、腹はたたんですよ」

　小柄な紳士は慇懃《いんぎん》にうなずいた。

「たしかにそのとおりですな。知らねえってこたあ、こりゃ神さまの賜物《たまもの》です。知識が多いてえと、癪にさわることが多うござんすからな」

　彼は新聞を買って、第一ページに目をとおした。

「ちょっと好奇心が起こるですな」と、キュルツは言った。

「何事がおっぱじまったですか？　戦争ですか？」

「なあに、骨董品《こっとうひん》が盗まれたんですよ。価格百万クローネの」

「ホホー。どれ、それじゃあ一つはがきを書きますかな」

　キュルツはそう言って、愛想よくシトルム氏と握手して別れた。

　小柄な紳士は唖然として、あとを見送った。それから彼は車寄せの前に出て、フィリップ・アハテル氏のそばへ腰をおろした。アハテル氏も出たばかりの新聞を読んでいた。彼は第一面をひどく念入りに読んで、それが終わると、

「いろんなことがあるもんだなあ！」と、言った。

「今のとこ全然犯人の手がかりはねえんだ」と、シトルムが言った。

「早くふんづかまえるといいのになあ」

「この上もっと何かしら盗まれねえうちになあ」

「まったくだ」

彼らはクックッと抑えつけたような笑い方をしてちょっとだまりこんだ。しばらくしてアハテル氏が言った。

「チロル人はどうした？」

シトルムは、背中をまるくしてはがきを書いているキュルツのほうを、ぞんざいに目くばせして、

「おりゃあはじめ、あの野郎頭が鈍いと思ったけど、考え直したよ。なんぼ鈍くっても、ああ鈍かあなれねえもんだ！　あの野郎わざと空とぼけてやがるんだ。そらそうと、あんな間抜けなふりするのは、まったくかっこうの好いもんじゃねえ」

「そう悪い戦術でもねえさ！　親分は、どういってた？」

「おれは野郎の跡をつけるんだとさ、おめえにゃ代わりにカルステンをよこすそうだ！」

シトルムは頭でキュルツのほうをさして、

「あの野郎、新聞に何が載ってるって、おれに訊きゃがったよ。話してやったら〈ホホー！ どれひとつはがきでも書きますかな〉って言やがった。かわってるじゃねえか、え？」

「油断のならねえじじいだよ」

アハテル氏はそう言って、

「無邪気なやつがいちばんあぶねえんだ」

オスカル・キュルツは絵はがきを脇へ押しやり、鉛筆を手帳に戻して、ほっとした。それから娘のほうをむいて、

「一言書いていただけますかな」と、訊いた。

「エミリエのやつ、嫉妬《やきもち》焼きゃがるで、おもしれえから」

そう言って、人が好さそうに笑った。

娘は何かチョコチョコと書いて、絵はがきをテーブルに返した。

キュルツは絵はがきを取り上げて、何を書いたかと思って、読んでみた。それから、

「やあ、どうもありがとう！」と、言った。「ありがとうごわした、トリュープナーのお嬢さん」

「どういたしまして」

「あなたは早く結婚なさらんとあかんですな」

　キュルツは心配そうに、何か考えながら言った。

「どうしてですの？」

「悲しい名前（トリュープナーは「憂愁」）ですでな！　わっしゃあシュメルツ（「苦痛」）ちゅう男を知っとったですが、こんなふしあわせな人間はおよそおらなんだです」

「名前がシュメルツだからですか？」

「そうなんですよ！　その男は結婚してからもしあわせにならなんだですよ！」

「たぶん結婚なすってからも、シュメルツっていう名前だったからなんでしょう」

　彼女は相手の言いたいところをズバリと言って、

「でも、それはともかく、いくらフレーリヒ（「嬉しい」）とかルスティヒ（「楽しい」）とかって陽気な愉快な名前でも、手当たり次第の男のひとと結婚はできませんわ！」

　親方はごま塩頭をゆすぶった。

「それにわたし、名前はそうでも、ちっとも憂鬱《ゆううつ》じゃあないんですのよ」

「いや、いや、ところがどうもそうでねえですよ！　ことにわっしが絵はがきを買ってからあと。いったいどういうわけでしょうかな、こりゃあ？」

娘の眉間《みけん》に糸のような垂直の皺が一条《すじ》できた。

「わけがあるんですの、キュルツさん」

「何かお気に召さんことでもあるですか？」

「そうじゃないんですの」

彼女は指で軽く新聞を叩いた。

「心配なことがあるんですの。新聞にある記事が載ってたもんですから、わたしドキッとしちゃったんですの」

「まさか骨董品が盗まれた話じゃねえでしょう？　百万クローネとかの？」

「ええ、そう、その話ですの！」

「そうですか、あなたに何か関《かか》わりでもあるですか？」と、キュルツは小声で訊いた。

娘はそっとあたりを見まわして、肩をすくめた。

「ここではお話しできませんわ」

ちょうどこのとき一人の青年が二人のそばを通り過ぎた。背の高い、スラリとした男で、よほど閑人《ひまじん》らしかった。青年は階段の上に立っている、門番の前まで来ると立ちどまり、帽子の縁に指を一本当ててあいさつすると、

「ベルリンのトリュープナーさんて女のひと、このホテルに泊まってる？」と、訊いた。

「ええ、おいでになってます」

門番はそう言って、

「ちょうどあそこの手摺の前に腰をかけておいでになります。大きな肥ったお客さんの隣に」

「ちょうどよかった！」

ひょろ長い紳士は「ありがとう！」と言うと、あいさつに一本の指を帽子の縁に当てて、回れ右をした。門番は敬礼して、後姿を見送った。

青年は手摺のほうへ歩いて行ったが、トリュープナーのテーブルには全然立ちどまらず、たった今尋ねたばかりの娘のほうを見向きもしないで、平気でそばを通り過ぎ、ブラッと往来に出て、人ごみに隠れてしまった。

門番は目を見張った。商売柄、彼はずいぶんいろいろなことを知っていたが——こんなことは初めてだった。

「わたしお願いがあるんですけど、きいて下さいます？」と、トリュープナー嬢は訊いた。

「オットーのお顧客《とくい》さんですでな、なんでもいたしますよ」

肉屋の親方はこう言って、

「人をあやめたり、傷つけたりすることでさえなけりゃ」

「そんなことはたいてい、ないと思うんですけれど」

彼女はまじめそうに言って、

「お願いですわ、わたしといっしょにいらして下さいません？　わたし買物があるんですの。途中でお話ししますわ。わたし監視されてるような気がするんですのよ」

「それは神経ですよ。わっしの次女のヘートウィヒが、せんにやっぱりそんなことがあったですよ。最初の赤ちゃんが生まれると、たいげえ癒《なお》るもんです」

「とてもそれまで待てませんわ」

トリュープナー嬢はそう言って、

「いらっしゃい！　参りましょう！」

「ようがす、じゃあ！」と、キュルツは唸るように言った。

彼は給仕を呼んで、勘定を払った。

「きみんとこのソーセージはすばらしいぜ」

そう言って、彼は褒《ほ》めた。

「ことにサラミなんざ、たいしたもんだ」

給仕は頭を下げた。

「恐れ入ります。コック長に申し伝えます」

「きみんとこじゃ直腸はどこから仕入れるか、偶然ご存じないですか？」

「偶然存じません」

給仕はそう言って、

「わたくしたち給仕は、あまりソーセージとは縁がございませんので」

「そりゃあしあわせだ！」と、キュルツは言った。

トリュープナー嬢も勘定を払った。

それからふたりは立ち上がって、いっしょに往来へ出た。それは風変わりな二人づれだった。若い、スラリとした、一分の隙もない身なりの淑女と、肥った、幅の広い、見上げるような大男の粗毛布服の旅行者。

ホテルの前に腰をかけていた客たちは好奇の目でふたりの後を見送った。

シトルム氏とフィリップ・アハテル氏のふたりはあわてて立ち上がり、テーブルの上に金を置いて、出口へ急いだ。

キュルッツは歩道の縁に立ちどまり、舗装された道路の上をチョコチョコ歩いている鳩を指して、

「これはコーブルクの雲雀《ひばり》です」と、説明した。「わっしの弟は鳩を飼っとるですよ。わっしゃあ、そんなことは止《よ》せよ、って言ったですよ。犢をぶち殺さなきゃならん人間が鳩をかわいがるちゅうことはねえ。それは悪趣味だって。ところがやっこさん、いくらそう言ってもやめねえです」

「いらしてください、キュルッツさん！」と、彼女は小声で、頼んだ。

アハテルとシトルムはテーブルの列の間を通り抜けた。手摺までくると、シトルムが肱《ひじ》でアハテルを突いて、キュルッツが腰をかけていたテーブルに近寄った。

シトルムはテーブルの上に屈んで、マッチ立から一本のマッチを抜き取った。それからシガレットに火をつけて、燃えさしのマッチを灰皿に置いた。

アハテルは辛抱強く待っていた。往来に出てから、彼は怒ったように、

「何してたんだよ？」と、訊いた。

シトルムは笑いながら一枚の絵はがきを取り出して「おれの友だちのキュルッツがテーブルに忘れてったんだ」

ふたりは絵はがきの上に顔を屈めて、いっしょに読んだ。

絵はがきにはこんな文句が書いてあった。

「愛するエミリエ。急に姿を消してごめんよ。うちへ帰ってから説明するよ。たった今オットーのお顧客さんに出会った。世の中はせまいよ。神さまに思召しがあれば女の子が飛んでくる。わしのことは心配するな。雑草は踏まれても枯れないよ。心から。おまえのオスカル」

金釘流の無骨な筆跡の下に、すんなりとした、なよやかな文字がしたためてあった。

「まだお目にかかりませんが、ごあいさつまで、イレーネ・トリュープナー」

ふたりの紳士は判断がつきかねて、顔を見合わせた。

「あの野郎、うっかりして忘れやがったんだろうか？」と、シトルムが訊いた。

「ばか野郎」

アハテルはそう言って、

「文句を読んでみろよ！　このチロル人は煮ても焼いても食えねえ野郎だよ。オットーのお顧客さんに出会ったなんて！　もちろん、こりゃあ当てつけだぜ。野郎、最初は阿呆《あほう》の真似しやがって、その次にゃあ絵はがきでおれたちをからかいやがる。あんなふざけた野郎は見たことがねえ！」

シトルム氏のつり上がった耳が、帽子の縁に圧《お》され直角にへし曲がって、逆立ちをしそうに見えた。

「神さまに思召しがあれば女の子が飛んでくる、だってさ」

フィリップ・アハテルはいまいましそうに絵はがきの文句を繰り返した。

「カルステンがやって来た」

ふたりは同僚を迎えると、適当な間隔を置いて、トリュープナー嬢とキュルツ氏の跡をつけた。シトルムはベルリンのエミリエ・キュルツ宛の、コペンハーゲンの港の絵はがきを粉々に破いて、舗道に撒《ま》きちらした。

若い淑女と肉屋の親方のキュルツは、異常な関心を持って彼らの跡をつけてくる三人の男のいることに全然気がつかなかった。

その三人の歩いてゆくうしろから、さらに適当な間隔を置いて、背の高い青年が一人、跡をつけていた。

三人の男たちはまた、自分たちが、異常な関心を持って、だれかに跡をつけられていることには、全然気づかなかった。

なんと世の中はよくできたものだ！

# 3　美術が話題になる

「話というのはこうなんですの」

トリュープナー嬢はこう言って、話しはじめた。

アマリエンボルク〔アマリエンボー宮殿〕のある中庭のベンチに彼らは腰をおろしていた。森厳ななかにも親しみのこもった、城の建物の正面《ファッサード》の前の敷石の間には、草が生えていた。向こうの港では、海峡の中へ水先案内されて来た汽船が角笛《つのぶえ》を吹いていた。それ以外にはひっそりしていた。

城の中庭とそとの往来との境には、高い古風な城壁があった。城壁は中央部だけが断ち切られていて、そこには、おそらく数世紀以来開かれたことのない、巨大な鋳鉄製の格子門がはまっていた。往来を歩いてくる者はここに立ちどまると、精巧にからみついた鉄の飾りと、小さな像と、薔薇《ばら》の花の装飾模様をとおして古風な中庭を眺めることができた。

ちょうど、今、カルステンと名のる一人の紳士がそこで眺めているように！

往来の向こう側にはカルステン氏の古馴染《ふるなじみ》がふたり、ゆるやかな歩調で行きつ戻りつしていた。ふたりはほとんど口をきかないで、カルステン氏を待っていた。

トリュープナー嬢もキュルツ氏も、監視されていることは知らなかった。ふたりは往来を背中にして、城の窓と門を眺めていた。

「話というのはこうなんですの」

トリュープナー嬢はこう言って、

「わたし、ベルリンのシタインヘーフェルさんてかたの秘書なんです。このかたは美術品の蒐集家として、世界に名前を知られているお金持なんですの。先週コペンハーゲンで、ある大きな所蔵品の競売があったんですよ。その所蔵品ていうのはもともと、晩年をデンマークで暮らして、最近お亡くなりになった、あるアメリカ人のものだったんですの。美術品の競売ってどんなものか、ご存じですの？」

「よく知らんけど」

キュルツ氏はこう言って、

「ほかの競売と同じようにやるもんじゃねえですか？　しょっちゅうワアワア、ワアワア言って、槌で叩くんじゃねえですか？　そして三べん叩かれた者がそっくりもらえるんでしょう？」

彼女はうなずいた。

「シタインヘーフェルさんは特に密画《ミニエチュア》を集めていらっしゃるんですの。密画っていうのはごく小さな絵なんです。時としてとても高価な縁にはまってるんですのよ。古い密画はとても高いもんですわ。シタインヘーフェルさんは密画のためだったら、いくらでもお金をお出しになるんです」

「人間それぞれ道楽ってものがあるですでな」

キュルツ氏はそう言って、うなずいた。

「わっしの弟の鳩みてえなもんですよ。もう、何度だまくらかされて、変なものを売りつけられたか知れねえです！　しかもとんでもない値段でね！　ご本人だけはそいつがわからねえんです！　一度なんざ、やっこさん羽に奇妙な模様のある鳩を一対《つがい》買って来ましてね。家禽《かきん》展覧会で賞を取ろうと思ったんです。ところがその前に雨が降ったんです。するてえと、鳩の野郎、雨で色が剝《は》げちまいやがった。絵の具が塗ってあったんですよ。それで、わっしの弟は一杯食わされたです」

「息子のホールバインご存じ？」

「正直言うと、知らんですな！　おやじのほうも知らんです」

「ホールバインは有名なドイツの画家なんですよ。長い間ヘンリー八世の宮廷にいたんですの」

「そりゃあ知っとるです」

キュルツは嬉しそうに言った。

「そりゃあれでしょう、跣足《はだし》で一日雪の中に立ってたやつでしょう」

「ちがうわ、それはヘンリー四世よ」

「しかし、だいたい当たったでしょう？」

「そうねえ、まあだいたいね。ヘンリー四世はドイツの皇帝で、ヘンリー八世はイギリスの王様ですわ。――いちばん有名なのは、この王様は何度も結婚して、奥さんを幾人か死刑にしたことですの」

「おや、おや、ひでえことしやがったもんですな！」

キュルツ氏はそう言って、「チョッ！」と、舌打ちをした。

「ところが、この王様は奥さんを死刑にしただけじゃなくて、その肖像まで描《か》かしたんですの」

「まさか、死ぬ前にでしょうな！」

キュルツは大声で笑って、ふくらんだ緑いろのズボンをポンと叩いた。

「そりゃそうよ！」

トリュープナー嬢はそう言って、

「生きてるうちだわ、そりゃあ！　最初に首を刎《は》ねられた奥さんはアン・ブーリンっていう名前でしたの。ホールバインは、この奥さんが結婚するちょっと前に王様の知らないうちにその肖像をかいたんですの。そしてこの密画をブーリンは王様の誕生日に贈り物にしたんですの。とてもきれいな、みごとな宝石で縁を飾って」

「今だったら写真を撮《と》るとこでしょうな」

キュルツはこう言って、

「そのほうがずっと速くて安いですよ」

「密画の裏側にはアン・ブーリンが自筆でとても愛情のこもった献呈の辞《ことば》を書いているんですの」

「なあるほど」と、キュルツは言った。

「それでやっとわかったですよ。その密画がコペンハーゲンで競売になって、シタインヘーフェルさんが買ったちゅうわけですね」

「そうなんですの。これっぽっちの、ちっぽけなものに六十万クローネも払って」

「こりゃたまげた！」

「シタインヘーフェルさんは、もう一つシャルル四世の密画を見に、きのうブラッセルへお発《た》ちになったんですの。シャルル四世がフランスの宮廷で暮らしてたころの子供の肖像ですの。それで、シタインヘーフェルさんはわたしに、コペンハーゲンの密画をベルリンへ持ってってくれ、っておっしゃったんですの」

「そりゃどうも、ご苦労さんなことで！」

「シタインヘーフェルさんはブラッセルへ持っていらっしゃりたくないんですの。それに、わたしが持ってたほうが安全だとお思いになったんですの。だって、あのかたは顔を知られてらっしゃいますでしょう。秘書だったら、ひとが知りませんわ。——ところがきょうのあの新聞の記事！」

　キュルツ氏は頭髪《あたま》を掻いた。

「百万クローネの骨董品がかっぱらわれたっていうんですわ！」

　彼女は夢中でそう言った。

「それが、みんな、あそこで競売された物ばかりなんですの。そして犯人の手がかりが全然ないんでしょう。これでわたしがあした、アン・ブーリンの密画を持って、ベルリンへ発《た》ったら、途中で密画が消えちゃうようなことが起こらないとは限りませんわ。たしかに起こりますわ。きょうのお昼からもうそんな気がしてるんです。こんな心配は、最初の赤ちゃんが生まれたらなくなるっておっしゃいましたわね。そのときわたし申し上げましたでしょう……」

「それまで待てねえとおっしゃったですな。いや、だんだんわかってきたですよ。ハーテ、どうしたもんだろうな、そりゃあ？　じっとしとるわけにゃいかんし、出かけるわけにもいかんし、さてそのほかに方法はなし」

「でも、ありますわ」

　トリュープナー嬢は小声で言った。

「わたしはこういうことを考えたんですの！」

　カルステンは用心深く鉄の格子門から離れて、往来を横切った。ふたりの友だちは立ちどまって、待ちかねたようにカルステンを眺めた。

「なんにもならねえ」

　カルステンは唸るようにそう言って、

「一言《ひとこと》も聞こえやしねえ」

「たわけ野郎め」

　フィリップ・アハテルはそう言って、

「なんにも聞こえなかったと？　それだけの報告をするのに、てめえは十五分もあそこにつっ立ってたのか？」

カルステンはムカッとしながら、

「そのうちに風向きが変わりゃしねえかと思ったんでね」と、説明した。

フィリップ・アハテルは相手をばかにしたような笑い方をした。

シトルムは言った。

「小娘とチロル人とはどうせ、おめえ、いっぺんは別れるだろう。そうしたら、すかさずおれがあの野郎とパッタリ出会ったふりをして、〈四つ葉の馬蹄〉へ連れこんで、アックァヴィート〔蒸留酒〕の飲みっくらやってみようと思うんだ、おれと野郎とどっちがさきに参るか」

「アックァヴィートたあ、うめえ思いつきだ」

フィリップ・アハテルはそう言って、

「そこの角《かど》に飲屋があるから、ふたりが中庭を出るまで雨宿りするとしようか？」

「雨宿りだって？」

カルステンはこう言って、

「雨なんかちっとも降ってやしねえぞ！」

アハテル氏は手を出して見た。

「よく天気が続きゃがるなあ！」

往来の反対側にすらりとした、のっぽの紳士が一人近寄って来た。紳士は格子門の前に立ちどまって、ポケットから旅行案内書を出して、めくってから、城と中庭を眺めて、暢《のん》気《き》そうにまた歩いて行った。

「わたしはこう考えたんですの」

トリュープナー嬢は小声でそう言って、

「あなたに手伝っていただけないかしらと」

「そりゃお手伝いするにゃするですが」

キュルツはそう言って、

「ただどうしたらいいか、わっしにゃわからんです」

「あしたの正午の汽車で、わたしといっしょにベルリンへお発ちになって下さいませんか？」

「もう帰るんですか？」

「奥さんがお喜びになるわ！」

「そんなこたあ、理由にゃならん！」

「でも、わたしの計画がそうなんですのよ、キュルツさん！」

「そんな話は別ですけどな」

キュルツはそう言うと、

「ようがす！　それならあしたの正午の汽車で出かけましょう。わっしゃあ、しかし、三等で行きますぜ」

「すてき！」

彼女は叫んだ。

「そうしたら、わたし二等で行くわ！」

「すてき、ってなあどういうわけです？　わっしにゃあわからんですな。いっしょの車室《くるま》に乗るんでなかったら、わっしがくっついて行く必要は、最初からねえわけじゃごわせんか！」

キュルツはいささか侮辱を感じて、ムッとしそうになった。

彼女はからだを屈めて乗り出した。

「だれでもわたしの密画を盗もうと思ったら——わたしきっと、かならず盗まれると思いますわ——そうしたらきっと途中の列車の中でやるんじゃないかと思うんですの。わたしが二等で行くでしょう、そうすると泥棒はわたしから目を離しませんわ。そうしてきっとわたしのスーツケースを盗みますわ」

彼女は両手を叩いて、子供のように喜んだ。

キュルツは心配そうに彼女の顔を眺めた。

「気でも狂ったんじゃねえですか？　密画を盗まれて、嬉しがるこたあねえでしょう！」

「だって、スーツケースだけですもの、キュルツさん！」

「ハハア、すると密画はあなたのスーツケースの中にゃ、はいっとらんちゅうわけですか？」

「ええ、はいっていないんですの」

「するてえと、どこにあるですか？」

「ある三等客の紳士の荷物の中に。まさか、そんなところにアン・ブーリンの密画があろうとは、泥棒だって思いませんわ！」

「で、その紳士ちゅうなあだれです？」と、キュルツは訊いた。

それから彼は平手でポンと額を叩いて、

「なあるほど」と、言った。

「そうなのよ！」と、彼女は言って、

「あした停車場で密画をおわたししますわ。そうしてベルリンで返していただきますわ」

「こりゃどうも！」

キュルツはそう言って、

「考えたですなあ！」

「わたしたち、お互いに知らないことにして、改札口を通るんですの。それからわたしがこっそり包を一つあなたに握らせるんです。だれも気がつきませんわ。わたしたち、離ればなれになって旅行するんです。そうすれば、いくら泥棒がわたしから盗もうと思ったって、なんにも見つかりませんわ」

「しかしですな、相手のほうが頭がよくって、わっしの包をかっぱらったらどうするですか？」

「絶対にありっこありませんわ、そんなこと！」と、彼女は言いきった。

「だれ一人思いつきゃしませんわ！」

「それだとええですがな、しかしトリュープナーさん、前もって言っときますが、わっしゃあ責任は負わんですよ」

「もちろんですわ、キュルツさん」

彼女は立ち上がった。

「おかげでわたし、重荷が一つ降りましたわ。ありがとう、キュルツさん！　ご承知下すって嬉しいわ」

彼女はキュルツの手を握って、振った。

キュルツも彼女の手を振った。

「それでは」と、彼女は言った。

「これでお別れしますわ。そうしないと、ひょっとして、人目につくといけませんから」

「そうですか。それじゃあ、明日正午に、中央停車場の改札口で」

「わたしたち口をきかないんですよ。お互いに顔を見ないようにして、あなたは目立たないようにそっと包を受け取ってスーツケースへお入れになるのよ。そうしてベルリンで、シテティン駅に着いてから、急に気がついておたがいにあいさつするのよ！　よくって？」

「相当ひや汗をかきそうですな」

キュルツは万一の場合を考えるとさすがに気味が悪かった。

「しかしあなたのためとありゃ、そのくれえのこたあなんでもねえです」

「じゃあ、さよなら、またお目にかかりますわ」

彼女はそう言って、

「シタインヘーフェルさんには、これからいっさい、お宅の肉だけ買わせるようにしますわ。そうしなかったら、今月限りでわたしお暇をいただくわ」

「そりゃあ、わっしよかオットーのほうがええだ」

肉屋の親方はそう言って、

「わっしよかオットーのほうがその必要があるですな」

「あら、それじゃあそうしますわ！　それではわたしこれから街のほうへ行きますわ。あなたは、どうか、ほかのほうへいらして。そうしないと、人目につくといけませんから。それでは、またあしたお目にかかりますわ、さよなら、パパさん！」

彼女はあふれるばかりの、感謝の微笑をキュルツに残して、歩きだした。

「それじゃあ、またあした」と、キュルツは言った。

キュルツは後姿を見送った。門のアーチをくぐると彼女の姿は見えなくなった。キュルツは口の中で「とんだ年寄の驢馬《ろば》だよ、わしは！」と、ひとりごとを言った。いくつ年をとっても、こればかりはなんともならなかった。

アマリエンボルクを出てから歩いているうちに、キュルツはブレッドガーデに来た。この通りはほとんど軒並といっていいほど、骨董店が多かった。キュルツは密画とかかわりあいができたので――いちおう美術に関心を持たなければならない義務があると思った。彼はしんぼう強くショーウィンドーを全部のぞいて歩いた。銅版画だとか、刺繡《ししゅう》のある法衣だとか、銀の燭台だとか、彩色された木彫のマドンナだとか、水彩の日本画だとか、黒人の偶像だとか、昔の暦だとか、ポリネシヤの踊りの面だとか、象牙の彫り物だとか、ルッピンの透かし絵だとか、そのほかにまだうんといろんなものがあった。おおかたキュルッツの気に食わない品物ばかりだった。

一軒の店の前に、ドイツとデンマークの郵便切手の相違を、キュルッツに説明してくれた、小柄な紳士が立っていた。シトルムは熱心に何かに見惚れていた。

欲念のない芸術品の観賞を、ショーペンハウエルは静観とも言って、もっとも注目すべき行為だと喝破《かっぱ》したことは有名だ。意志も所有欲も沈黙する。残るのは本質的な人間だけになる、涅槃《ねはん》に近い状態だ、と言っている。ショーペンハウエルは人間の心を見抜いていた。——少なくともシトルム氏に関するかぎりは。

「ここであなたにお目にかかるとは！」

オスカル・キュルッツはそう言って、相手の肩を叩いた。無念無想の静観を破られて、シトルムは顔を上げた。まごついたように、彼はニコニコして、どもりながら、

「よう、こりゃまた偶然、思いがけねえ所で……ええと、ど忘れしちまって、お名前はなんとおっしゃったですかな？」

「お名前はキュルッツですよ」

相手は愉快そうにそう言って、

「わっしゃあ退屈して、弱っとったとこです。わっしゃあ二、三日でいいで、一ぺんひとりになりてえと思って、これが一生の念願だったです！　それでやっと今、その念願がかなったとこですがね、実をいうと、わっしゃあいやんなっちまったです！」

「こいつぁ習慣でしてな」

シトルムはそう言って、

「わっしゃあひとりでいるこたあ平気です！」

「あなたは長くひとりでいることが、ちょいちょいおありになるですか？」

シトルムは目を伏せた。ことに知恵の足りない真似をしている相手から、こんな皮肉な質問をされるのは不愉快だった。彼はそのことばを聞き流して、美術の話をしだした。

「わっしゃあ、からっきし、そのほうはわからねえです」と、キュルツは言った。

「そりゃあわっしもご同様ですがね」と、シトルムは答えて、

「ただわっしゃあ妙にこういった物が好きでしてな。不幸な恋ってやつですな。コペンハーゲンへ来ると、一度はかならずこの通りをぶらつくです。あしたわっしゃあベルリンへ出かけるかもしれねえんで、きょうこけえやって来たです」

「あしたベルリンへお発ちになるですか？」

「さしつかえさえ起こらなきゃ、あした発とうと思ってます」

「そいつぁちょうどいいあんべえだ！　わっしもあした発つです。三等ですか？」

「もとより三等です。そりゃあ、ちょうどいいあんべえだ、お互いに相手ができて」

キュルツ氏は嬉しかった。ふたりは話しながら歩きだした。次のショーウィンドーの前で、シトルム氏は立ちどまった。

「ごらんなさい、どうです！」

「この聖セバスチャンは！　十三世紀、ケルン派ですよ」

シトルム氏はそう言って、

「まったくくだらねえもんですな！」と、キュルツは言った。

「どうです、この密画は！　このすばらしいこと、どうです！」

「ホホウ！」

キュルツはそう言って、

「これが密画ちゅうもんですか！　なるほど、こういうもんですか！」

相手はもう少しで窓の中へさかさに倒れかかるところだった。

「なんとまたちっぽけな絵ですな、こりゃあ！」と、キュルツは感心して、

「せいぜい名刺ぐれえの大きさですな。これでいったいいくらぐらいのもんですかな？」

「さっき申し上げたとおり、わっしゃあたいしてこの方面は明るくねえほうですが」

小柄な紳士はこう言って、

「しかし少なくとも五百クローネは出さなきゃなりますまいな」

キュルツは見くびるように、その密画をジロジロ眺めながら、

「しかし、それよかもっと、ずっと値段の高えのがありましょうな？」

「そりゃ、ありますよ」

シトルムはそう言って、蒼《あお》くなった。

ちょうど同じ時刻にイレーネ・トリュープナー嬢は市内を歩いていた。数日前に彼女はある店のショーウィンドーに、サンダルが陳列してあったのが目についた。彼女はその店を捜していた。彼女はきょう、その靴を買おうと思っていた。もっともそれは、彼女の足に合う大きさのものがあった場合のことだった。じつは彼女の足は35だった。ところが、実際上の不都合は別として、こんな小さな番号の足を持つほど苦労なことはなかった。どんなにきれいな靴がほしくっても――ほしい靴はいくらでもあったが――35なんていう番号のは、あったためしがなかった！

いくらか間隔を置いて、二人の紳士が彼女のあとをつけていた。

「話しかけてみるといいんだけどな。何が役に立たねえとも限らねえ」

一人がこう言った。さっきからアハテル氏と呼ばれていたほうの男である。

「よし、賛成だ」

カルステンはこう言って、

「口きいてみなよ、おめえ！」

フィリップ・アハテルはためらった。

「おれの鼻は、そういういきごとにゃあ向かねえ。黄金分割っていったような、理想的な鼻とちがうんでね。おめえやってくれ、たのむ！」

「やってもいいぜ！」

カルステンはそう言って、ネクタイを引っぱった。

「おめえはどうする？」

「おりゃあ影のように、おめえたちのあとからついてゆく」

「だが、飲むなよ」と、カルステンは言った。

「飲むと親分に帽子をぺちゃんこにされるぜ」

それからカルステンは急に歩調を速めて、トリュープナー嬢に近寄った。もうあと五、六歩しかなかった。

そのとき彼は、背の高い、痩せぎすの紳士に追い越された！

その紳士はトリュープナー嬢の背中をポンと叩くと意外そうにこういって呼んだ。

「よう、イレーネじゃないか！　どうしてコペンハーゲンに来たんだい？」

イレーネ・トリュープナーはハッとしてうしろを振り向いた。

## 4　「四つ葉の馬蹄」で酒盛

カルステンは、色男の任務を解かれて、引き下がった。フィリップ・アハテルはひとが悪そうにニヤリとして、

「ざまあみろ！　おめえは女にゃ運がねえんだ！」

「つまらねえことを言うなよ！」

カルステンはむくれて唸った。

「野郎は知ってやがるんだ。名前を呼んだぜ」

「シタインヘーフェルのよこしゃがる助太刀《すけだち》が、だんだんおりゃあ気になってきたぜ」

アハテルはこう言って、

「それともおめえどう思う？　おれたちの商売がたきだと思うか？　そんならそれで、よけえおもしれえや」

「おりゃあ、そう思わねえ」

　カルステンはそう言って、

「野郎が名前を呼ぶと、すぐに振り返ったぜ」


「なんのご用ですか？」

　トリュープナー嬢は鋭い調子でピシリと訊いた。驚きを顔にも表わさなかった。

「それに、名前をお呼びになるなんて失礼だわ！」

「どうしてですか？　あなたもイレーネさんっておっしゃるんですか？」

　長身の紳士はまごついたが、やがて帽子を脱ぐと、

「どうも失礼。歩きつきがライプチヒの従妹《いとこ》に、ばかによく似ていらしたので」

　紳士は魅力のある微笑を浮かべて、

「面とむかうと、むろん、ぼくの従妹よりお美しくっていらっしゃいますが」

「おかしいわ、あなたのお従妹さんがやっぱりイレーネっておっしゃるなんて！」

「ありがちなことですよ」

紳士はこう言って、

「ぼくはルーディです」

トリュープナー嬢はくるりと背中をむけて、歩きだした。

「同名の人間で、顔の似ている場合は珍しかありません」

ルーディと名のる紳士は歩きながらこう言った。

トリュープナー嬢は皮肉に笑った。

「きょう、すでに聞かされてきたばかりですわ、人間は姓によって気質が変わる、って。世の中にはいくらでも知らないことがあるもんですわ」

「そのとおりですよ」

紳士はそう言って、

「ときに姓ですが、ぼくはシトルーフェです。ルーディ・シトルーフェです」

トリュープナー嬢はだんだん足を速めた。

紳士はそばを離れなかった。

「実際いうと、あなたがぼくの従妹でなくて嬉しいですよ」

「どうして？」

「従妹はもう知っていますからね」

意味ありげに彼は言った。

彼女は途中のショーウィンドーをしきりに眺めた。

「妙なもんですね」

彼はまたそう言って、

「考えるとおもしろいですよ。ぼくはまだ、自分以外のだれかになりたいと思っている人間に、一人も出会ったことがないですからね。そりゃロックフェラーのような金持になりたいと思っている人間はいますよ。中にはガルボのようになりたいと思っている人間も。ことにご婦人のかたには」

そう言って彼は笑った。

「しかしからだごと、そっくり他人になりたいと思う者は一人もいませんよ！　たとえせむしで、地下室に住んでいても。不思議じゃないですか？　あなたはどうお考えですか？」

「なんとも考えません」

トリュープナー嬢はそう言うと、大股《おおまた》に歩きだした。

彼はそばを離れなかった。

とつぜん彼女は立ちどまると、思わず、ショーウィンドーを指して「あそこにあるわ！」と言って、店へはいった。それは靴屋だった。

青年はしばらく陳列品を眺めていたが、ショーウィンドーのうしろの鏡に、往来の向こう側で待っている二人の通行人の姿が写ると、店の中へはいった。

トリュープナー嬢は肱掛椅子に腰かけていた。彼女の前には女店員がひざまずいて、彼女の右足に短靴の片方をはかせていた。

「大きすぎるわ！」

トリュープナー嬢はそう言って、

「靴の中で回れ右ができるわ！　いちばん小さい番号でなきゃだめだわ」

女店員は膝を伸ばして立ち上がると、新しい紙箱を開けた。

この靴も大きすぎた。

女店員は商品棚の一つへ行って、梯子《はしご》を登ると、新しい紙箱を持って引き返して来た。

トリュープナー嬢はその靴をはかされると、幾度か踏みしめて、驚いたように、

「合うわ……」と、言った。

「鋳型に流したように！」と、隣でだれか言った。

彼女は振り仰いだ。さっき付きまとって来たルーディという青年だった。

青年は愛想よくうなずいて、

「ぼくは女のひとと買物に歩くのは大好きですよ。もっと重要なことから、じつに好い気持に、精神を転換させてくれるので」

トリュープナー嬢は女店員に値段を訊いた。値段は申し分なかった。彼女は古い靴をはき、会計で金を払った。

女店員はその間に靴の包を紳士にわたした。紳士はまるで当たり前のような顔をして、受け取った。

トリュープナー嬢はハンドバッグに金をしまうと、

「わたしの靴は？」と、訊いた。

「ここですよ」

紳士は包を振り上げて言った。

女店員は店の入口を開いた。

「さよなら」

紳士はそう言って、トリュープナー嬢を先に歩かせ自分はあとから、続いて往来に出た。

ふたりはしばらくだまって並んで歩いた。青年はここでうっかり口をきくのはあぶない気がした。はたして思ったとおりだった。ラートハウス広場のアブサロン・ハウスの前まで来ると、トリュープナー嬢は立ちどまって、言った。

「わたしの靴をいただけます？」

「もちろん」と、彼は言った。「ここにございます」

彼は紙箱の包をわたした。

「この辺でどちらかへおいでになるのがエチケットだと思いますわ」

「だって、善意がこんなにはっきりしている時に！」と、彼はインテリらしく言った。

「もうじゅうぶんおしゃべりをなすったわ！」

彼女はそう言って、

「わからないわ、どうしてそんなにうるさくなさるのか。さよなら」

彼は帽子を脱ぐと、「さよなら」と言って、彼女に背中を向けて、歩きだした。

彼女はちょっと困ったように、二、三秒立ちどまり、それから高慢に頭を後へ投げて、反対の方向に歩きだした。彼女はプリプリしながら〈あんなぶしつけな真似をしなくてもよさそうなもんだわ〉と、思った。振り返って見たかったが、ふさわしくないと思ってやめた。

もしそうでなかったとしたら、青年が両手をポケットにつっこんで、わらいながら、彼女の後をプラリプラリと歩いているのが目に映ったはずだった。

むこうの「フラスカーチ」に立っていた二人の紳士がこのありさまを評議していた。

「おめえどう考える？」と、カルステンは訊いた。

アハテル氏は分厚な鼻に皺を寄せた。

「ありきたりの恋物語よ！」

「チェッ、むなくそが悪いや！」

ふたりは続いてルーディと呼ばれた、のっぽの紳士のあとをつけた。

そのルーディはまたライプチヒの従妹と同じ名前を持った、若い淑女のあとをつけた。

「四つ葉の馬蹄」は怪しげなマドロスの酒場だった。ニーハーフェン〔ニューハウン〕からほど遠からぬ裏町にあった。磨《す》り減らされて斜めになった石段を、いくつか踏んで降りなければならなかった。そしてあとで、同じ石段を、また踏んで上らなければならなかった！　これが登山家仲間の難所だった。

しかし、さいわい、まだそこまでは行っていなかった。

オスカル・キュルツは壁のくぼんだところに陣取っていた。その隣にシトルム——耳のずり上がった男——が腰をかけていた。ふたりは、そうとうなごきげんで、健康を祝し合っては乾杯していた。ふたりはトーボルク酒とアックァヴィートをちゃんぽんに飲んでいた。ほかのテーブルには、青い水夫服を着た男たちが腰をかけて、同じように飲んでいた。

「すばらしい街ですなあ」と、キュルツは言った。

シトルムは小さなグラスを挙げた。

キュルツも挙げた。

「プロースト！」

ふたりは同時に叫んで、一口に飲み乾した。

「なんとも言えねえほどすばらしい街ですなあ」と、キュルツは言った。

「おとぎ話のような街でさあ」と、シトルムが言った。

「とにかくもっとも美しい街の一つですな」とキュルツは断言した。

聞いていると、まるでスカートの勝負でカードの数でも言い合っているようだった。

それからふたりはまた飲んだ。こんどはビールだった。ボーイは頼まれもしないのにアックァヴィートを二つ持って来た。

「すばらしい街ですな」

キュルツはささやいた。

シトルムはしんみりとうなずいた。

「あしたはもう、わっしたちゃあ、出かけなきゃならんのですなあ！」

ベルリンの肉屋は悲しそうにごま塩頭を振った。

「あんたがいっしょに行ってくれるで、わっしゃあ助かるですよ。ひとりじゃどうも心細いで。プロースト、シトルム」

「次第によっちゃ、あぶねえことにならねえとも、限らねえんだ、シトルム。とてもあぶねえことになるかもしれねえんだ！　あんたは肝っ玉は太えほうかね？」

「たいがい太えつもりだよ。チロルのおっさん、何がそんなにあぶねえんだよ！」

「そいつぁ、わっしゃあ、言わねえ！　芸術バンザイ！」

「バンザイ！　バンザイ！　バンザイ！」

シトルムは自分が歌い出したのに気がついて、急にびっくりした。あとビールを一杯とアックァヴィートを二杯も飲んだら、もう完全に酔っぱらってしまって、相手が自分より先に参ったとしたところで、実際にはなんの役にもたたなくなりそうだった。

「プロースト！」

そう言って、キュルツはまたグラスを空《から》にした。

「プロースト！」

シトルムはそっぽをつかんだ。

キュルツは子供のめんどうをみるように、グラスをシトルムの手に握らせた。

「ボーイさん、もう二つコルン〔蒸留酒〕を！　それからビールを二つ！」

ボーイは新たにコルンとビールを運んで来た。

「畜生、酒を飲むってえと、どうも喉《のど》が乾きゃがって」

キュルツはそう言って、

「わっしゃあ前に食っといたんで、それでもよかったよ。十二人前の小《ちっ》ちゃな皿を食っといたんでね」

彼はソーセージの皿を思い出してカラカラ笑った。

「わっしゃあ腹さえしっかりできてたら、平気で二十四時間は飲めるだ。プロースト、シトルムヒェン！」

シトルムは額に冷汗がにじんで、目先がチラチラした。まるで目の前で蚊が踊っているようだった。

「わっしも負けねえよ」

シトルムはしゃがれ声でそう言って、ビールを流しこんだ。

キュルツがまた注いだ。

「わっしたちが出会ったな、運命だでな。さあ、来るなら来い！」

「だれが来るんだ？」

「世の中には悪いやつがいやがるよ！」

キュルッはそう言って、シトルムの背中をどしんと叩いた。シトルムはもうちょっとで椅子からころがり落ちそうになった。

「どういうわけでやつらが悪党なのか、だれにも、こりゃ、はっきりわからねえだ。同じやるなら、善《い》いことをやったらよさそうなもんだがな？　なあ、おい！　どういうわけでやつらは悪党なんだ？　そいつあ牧師にだってわからねえだ」

「わっしだって悪いんだ」

シトルムはどもるようにそう言って、

「いや、気分がねえ！」

頭がゆらゆらして霧の中を泳いでいた。

「気分の悪いときはコルンに限る！」

キュルッはしつこく主張して、

「ボーイさん、コルンを二つ！」

ボーイは駆けだして、注文のコルンを持って来た。シトルムは、アックァヴィートを口の中に流しこまれたのをおぼろげに知っていたが、もうさからう力もなくなっていた。それでも彼は、こんなことをまだ頭の中で考えていた。〈この野郎に、もしおれがやっつけられたら……〉それからシトルムは椅子の上からクタクタと沈没した。

「プロースト！　シトルムヒェン」と、キュルツは言った。

「悪人どもぁくたばれ！」

そのときになって初めてキュルツは気がついた。テーブルに腰をかけているのは、彼ひとりだった。


エステルブロガーデのある家の前にタクシーが一台とまった。粗《あら》毛布服を着た男が一人降りて、少しふらつきながら、入口のドアの前に歩いて行って、表札を読んだ。

「よし、ここだ」

彼はそう言って、

「パンジオン・クルチウス！　野郎、自分の住んでいる家を、感心に、よく忘れずにいやがった！」

男はタクシーに引き返すと、動かなくなっている生物《いきもの》を座席から引きずりおろして、背中にヒョイとかついだ。

運転手が手伝おうとした。

「でえじょうぶだ」

観光客はそう言って、

「わっしゃあ、もそっと重い牛を平気でかつぐだ。物事はなんでも習慣だ！」

入口のところで彼は振り返って、叫んだ。

「重役さん、ちょっと待ってくれ！」

それから彼は入口をはいって、唸りながら、ノシノシと階段を踏みしめて上った。

パンジオン・クルチウスは二階にあった。観光客はベルを鳴らした。

家の中はしんとしていた。

彼は非常ベルを鳴らした。

やっと廊下に、引きずるような足音がきこえた。のぞき穴から長い間、だれかのぞいていた。

「いいかげんに開《あ》けねえか！」

男は唸るようにこう言った。

鍵の音がして、ドアがあいた。白い頤鬚《あごひげ》を生やした、黒めがねの、上品な老紳士が現われて、

「何かご用でしょうか？」と、訊いた。

「シトルムさんちゅう人を連れて来たで、受け取ってもらいてえんです」

「わたしはきのう引っ越して来たばかりでして」

老紳士はもの柔らかにこう言って、

「それにわたしは全然一人きりなんですが、いったいかついでいらっしゃる人はどうかしたんですか？　死んでるんですか？」

「いや、酔っとるんです」

「なるほど」

「郵便受へでもほうりこんでゆきますかな？」

観光客はそう言って、

「それとも、他に何かいい方法はねえもんですかな？」

老紳士は廊下へあとじさりした。

「食堂のソファへでも置いていただきましょうか」

こう言って、彼は先に立った。

廊下の奥でドアの締まる音がした。

「風です」

老紳士は言いわけをして、

「部屋を開け放しにして来たもんですからね」

老紳士は一つのドアを開けて、電灯をともした。ふたりは食堂にはいった。緑いろの粗毛布服を着た大男は背中の荷物をそっとソファの上におろして、その上に駱駝《らくだ》の毛布をかけた。それから彼は上着の皺を伸ばすと、シトルムの蒼い顔を心配そうに眺めて、

「あした遅れずに、停車場へ来られりゃいいですがなあ」と、言った。

「このかたは旅行なさるんですか？」

「さよう。いっしょにベルリンへ行くことになっとるです」

「ここの主人によくそう言っておきましょう」

品のよい老紳士は物柔らかにわらって、

「時間になったらシトルムさんを起こすように」

「そう願えりゃまことにありがてえです」

観光客はそう言って、

「是が非でも、あした発たんと困るんです、じつは重大な用事がありましてな」

「おさしつかえなければうかがっておきたいですが……」

「いや」

観光客はそう言って、

「シトルムさんも、そいつあ知らねえです」

いくらかよろつきながら彼は部屋の中を歩きだした。それから振り返ると、

「わっし自身もはっきり知らねえだ！」と、言って、カラカラ笑った。

観光客はそれからステッキを振りまわして、愉快そうに「芸術バンザイ」と、叫んだ。

廊下の外で彼は外套掛けにぶつかった。それからドアが締まった。


彼がいなくなると、食堂が俄然《がぜん》活気づいた。少なくとも一ダースほどの人間が、シトルム氏の眠っているソファを取り囲んでいた。老紳士が一人しかいない下宿屋に、こんなに大ぜいの止宿人がいるのは尋常のことではなかった！


老紳士は黒めがねをはずすとともに、人柄がガラリと変わった。

「この不始末はどうしたんだ？」と、彼は興奮して訊いた。

怒って、目がやぶにらみになった。

「だれか知っている野郎はいねえのか？」

「わっしが知ってます」と、言った者があった。

赤ブドウ酒の専門家、フィリップ・アハテル氏だった。

「どうしたんだ？　早く言え！」

「シトルムはダングルテールで、シタインヘーフェルの秘書の隣に腰かけてた野郎と、知

り合いになったんです。それからアマリエンボルクの前で、〈おりゃあ野郎とヒョックリ出会ったふりして、アックァヴィート飲まして酔いつぶしてやるんだ〉って言ってたです。その野郎から何か聴き出すつもりでいやがったんです」

「それで？」

アハテル氏は歯を剝《む》いて、ニヤリとした。

「それでその計略を実地にやりゃがったんだ、とわっしゃあ思うです」

「それで、シトルムを引きずって来たあの土佐犬はなんだ？」

「あれがキュルツって野郎なんです」

アハテルはこう言って、

「あの野郎ほんとうにとろいのかとろいふりしてやがるのか、いまだにわしたちにゃあわからねえんです」

「どっちにしても酒だけは強えや」

そう言って、だれか笑った。

「傑作だよ」

別な下宿人の一人はこう言って、

「シトルムは野郎を酔っぱらわせて、しゃべらせようとして、さかさにかつぎこまれて来やがったんだ。代金引換えの小包みてえにさ、郵便配達にかつがれて！」

「運命の皮肉だよ」

もったいぶって、フィリップ・アハテルは言った。

「くだらねえこと言うな！」

上品な紳士はこう言って、ソファの前へぐっと歩いて行った。

「今からてめえらに言っとくが、シトルムがどじ踏んだことがわかったら、二度とは会わねえ目に会わせるから、そのつもりでいろ！」

シトルムは寝返りを打つと、思いがけないどら声を出して、

「プロースト、キュルツヒェン！」と、叫んだ。

## 5　さらばコペンハーゲン

翌日の正午、キュルツは一番に停車場に現われた。彼は行きつ戻りつホールを歩きまわって、トリュープナー嬢とシトルム氏を見張っていた。それに、ものすごく喉がかわいていた。いわゆる宿酔《ふつかよい》というやつだった。駅の食堂へ行って、ビールを一杯やりたくってた

まらなかった。少なくとも一杯！　しかし、部署を離れるだけの度胸が、彼にはなかった。まるで歩哨にでも立ったように、彼は四番のプラットホームの改札口を監視していた。

駅の表玄関にスーツケースと旅行用の毛布と書類鞄を持った、遊山《ゆさん》団体とおぼしい一群の紳士たちが現われた。団体の一員に加わっていたカルステン氏が、

「もうあそこに来てるぜ、チロルのおやじが！」と、言った。

続いて仲間の幾人かが団体を離れて、肉屋の親方キュルツのそばを通り抜けて、改札口を通過した。

キュルツはむろん、そんなことはなんにも気がつかなかった。気がついたのは、シトルムもトリュープナー嬢も来なかった、ということだけだった。〈困ったことになったぞ〉キュルツは腹の中で思った。〈結局おれはひとりでベルリンへ発つのか！　人が好いとこんなもんだ！　なにも、こんなに早く、あわてて家へ帰るこたあねえんだ。エミリエも子供たちも、おれがベルナウのゼルプマンのところへ行ったんでねえちゅこたあ、知っとるだからな。おれがデンマークへ来てることは、わかっとるだからな。あのきれいな港の絵はがきは、いつ受け取ってやがるかな？〉

この瞬間にキュルツは、ふと、はがきをポストにほうりこまなかったことに気がついた。オテル・ダングルテールへ忘れて来た！　おれのやるこたあ、万事抜けてやがる！　こう

思って、彼はがっかりした。動脈硬化か、まあ、いいさ。どうせ人間永久に長生きはしねえんだ。

　ここで、考えがピタリととぎれた。玄関にトリュープナー嬢の姿が見えたからであった。ところが彼女はひとりではなかった。彼女の両脇には山高帽子をかぶった、強そうな、大きな男が二人付き添っていた。いかにも私服の刑事といった感じの男だった。

　オスカル・キュルッツは約束があるので、極度の努力をして、トリュープナー嬢に気がつかないふりをしようとした。どうして、それは、なまやさしいことではなかった。めんどうくさいので、そっぽを向いてしまおうかと思ったが、彼女から目を離してしまったのでは困る。なぜなら、ちょうどうまく、彼女と同時に改札口へ歩いて行くように、計画しなければならなかったからだ。

　キュルッツはスーツケースを持ち上げ、ステッキを握りしめ、出発準備を整えたうえで、できるだけ人目を引かないように振り返って、肩越しに様子をうかがった。

　トリュープナー嬢はちょうど、二人の男へ愛想よく頭をうなずかせて、別れを告げたところであった。

　キュルッツは悠々と改札口へ歩いて行って、時間を延ばすためにスーツケースを下へおろした。

「車掌さん、ちょっと待ってくれ」

彼は改札口の駅員にそう言って、

「切符を捜さんならんで！」

切符はとっくに見つかったが、キュルツはわざとあっちこっちのポケットを掻きまわしながら、チラッとうしろを振り返った。〈やれやれ、やっと！〉キュルツはそう思った。

〈さあ、いよいよ来たぞ！〉

トリュープナー嬢はやっとうしろへ来て立った。キュルツは駅員に切符をわたしている間に、片方の手に、小さな包を押しつけられたのを感じて、無器用にギュッとつかんだ。それから鋏《はさみ》のはいった切符を受け取り、スーツケースを持ち上げ、ステッキを落としたので屈んで拾って、やっと改札口を抜けた。

ふたりのうしろについていたカルステン氏は、にやりとメフィストの微笑《わらい》が浮かびかかったのを、きわどいところでやっと圧しこらえた。

四番のプラットホームは混雑していた。

キュルツは、こっそり受けとった包をスーツケースに入れて、ていねいに鍵をかけた。包は軽かったが、スーツケースにはたちまち二百ポンドの重さが加わった！　キュルツは列車に沿って、足を踏みしめるようにして歩きながら、三等車を捜した。

「オーイ！」

うしろでだれかが叫んだ。

シトルム氏だった。

「やっと来たですな！」

キュルツはほっとして言った。

「寝過ごしたんじゃねえかと思って、わっしゃあ、えれえ心配しただ。どうです、気分は？」

シトルムはまだ菜っ葉のような顔をしていたが、きまり悪そうに手を振って、それからパンジオン・クルチウスへ送り届けてもらった礼を言った。

「わっしゃあけさになって、はじめてその話を聞かされましてね」

「いや、なんの、なんの」

「宿の連中はいなかったそうですな？」

「そうです。黒えめがねをかけた、年寄のかたがいただけでした」

「そんな男はわっしゃあ知らんですな」

「なんでもきのうきたばかりだ、ちゅうとったです」

「どうりで」

キュルッツはある三等の車室の前に立ちどまった。

「ここがすいとるですよ」

シトルムはこの車室が気に入らなかった。

「わっしゃあ年寄の女はどうも苦手なんで」

シトルムは口の中でモソモソつぶやいた。彼は、窓ぎわに腰をかけていた白髪の婦人をさして言ったのだった。

「年寄の女はかならず縁起が悪いんでね」

ふたりは先へ進んだ。

とつぜんシトルムは立ちどまり、車室からのぞいている紳士を見上げて、尋ねた。

「失礼ですが、空いた席はねえでしょうか、わっしたちは二人ですがね?」

紳士――そう言えば、この紳士はかつてのテノール歌手といった顔つきで、ひどく赤ばんだ鼻をしていた。――紳士は振り返って、車室の中を眺めてから、プラットホームを見おろして、

「なんとかなるでしょう」と、言った。

シトルムは車室によじ登ると、振り返って、キュルッツのスーツケースを受け取った。

「このスーツケースは気をつけて下さいよ！」

キュルツは心配そうにこう言って、それから続いてうんうん唸りながらよじ登った。

鼻の赤い紳士が手を貸してくれた。第一印象から判断すると、とにかくその車室には、きわめて愉快な人たちが乗っていた。

偶然にも男ばかりだった。

彼らは気持よく席を詰めて、愛想の好いことばをかけた。

シトルムは鼻の赤い紳士に、

「あなたもやはりベルリンまでおいでですか？」と、訊いた。

「いや、わっしゃあヴァルネミュンデまでです」

鼻の赤い紳士は鄭重にこう答えて、

「家内が子供たちを連れて、保養に行ってますんでね」

「小さなかわいいお子さんたちをね！」

すみに腰をかけていた一人がこう言って、クスクスと変な笑い方をした。ほかの乗客がひどくびっくりした顔をして、この男を見た。するとこの男はドギマギして、新聞のうしろに顔を隠してしまった。

「たぶん二、三日ヴァルネミュンデにいるつもりです」

鼻の赤い客はこう言って、話をつづけた。

「もっとも、ぜひベルリンへ行かなきゃならん用事があるんですけどねえ」

一人の客が、バルチック海よりも北海のほうが、わたしは好きだと言った。波が荒くって、空気にも塩分が多い。ことに魅力があるのはジルドの辺だ、とその男は言った。

キュルツは葉巻に火をつけて、スーツケースがまだ網棚にあるかどうか、調べてみた。

スーツケースはまだそこにあった。

そのうちに乗客がみんな互いに話をしだした。まるで乗客全体が親しい旧知の間柄のようだった。

（事実またそれにちがいなかったのである）

イレーネ・トリュープナー嬢は、かなりすいている二等の車室を見つけた。窓ぎわだけがふさがっていた。若いアメリカ人の夫婦が新聞と雑誌を読んで、ときどきそれを交換していた。

トリュープナー嬢は通路側のすみに腰をかけて、しきりに腕時計を眺めた。

そとの通路では乗客が窓によりかかって、見送りの親戚や知人と話し合っていた。中にはもうハンカチを取り出している者もあった。

そのうち列車がガクンと揺れた。ハンカチが烈しく振られた。アメリカ人の夫婦は新聞から目を挙げた。それから互いに顔を見合わせてほほえむと、自動的にわらうのをやめて、新聞を読みつづけた。

トリュープナー嬢はだれかに見られているような気がした。彼女はあたりを見まわした。そとの通路に、ルーディと名のった長身の紳士が立っていた！

彼はトリュープナー嬢にうなずいて、帽子を取った。

それから車室にはいってくると、彼女の前に腰をおろして、「また仲なおりしましょうか？」と、言った。

彼女はだまっていた。

「ああ！」

彼はそう言って、

「新しい靴をおはきになりましたね！　すてきですよ！　とても足が小さく見えますよ」

トリュープナー嬢はだまっていた。

「踵《かかと》がいくらか低くってもよかったですね」

彼はそう言って、

「踵の低いほうが健康的ですよ」

「あなたは整形外科のお医者さんなんですか？」と、彼女は訊いた。

「いいえ、しかしぼくの従兄《いとこ》に医者はいますよ」

「ライプチヒに？」

「ライプチヒ？　どうしてですか？」

彼女は口元を吊り上げた。

「きっとあなたのお従妹さんの、イレーネさんのご兄弟かと思って」

彼は笑った。この男は笑うと、武装が解除されて高等学校の上級生そっくりの笑い方をした。

「あなたはシトルーフェ家を見くびっていらっしゃいますよ」

やがて彼はそう言った。

「自慢するわけじゃございませんがね、ぼくの一族は非常に勤勉で、いたる所に雄飛しているんですよ」

「興味のあるお話ですわ」

「たとえばぼくの従兄はハノーヴァーにいるんです。彼は耳鼻科の専門医です」

「ああ、そう。だからそのかたは、踵のことにおくわしいってわけですのね！」

「そういうわけなんです！」

彼は、うしろによりかかって、気持よさそうに足を組み、新聞を取り出して、言った。

「きまりが悪くなったから、ちょっと休憩します。一時間ほどしたらまたお目にかかります。さようなら」

それから彼は緊張して新聞を読みはじめた。

汽車はジーランド島にむかって走っていた。それは公園を旅行している感じだった。トリュープナー嬢は大きな書類鞄を小脇にしっかりはさんで、アメリカ人の夫婦越しに窓を眺めた。

肉屋の親方キュルツも同じように彼の車室で窓を眺めていた。少なくとも一方の目では。というのは、もう一方の目では彼のスーツケースと、その秘密を見守っていたからである。〈楽な仕事じゃあねえ〉彼はそう考えた。あやうく声に出してしゃべるところだった。

彼は額を拭いた。

「暑すぎますか？」

シトルムが心配して訊いた。

キュルツがまだ返事もしないうちに、別の客が飛び上がって、窓をあけてくれた。

「こりゃどうも、ご親切に」

キュルツはこう言って、一座を見まわした。こんなに大ぜい親切な、たのもしい人間の集まりを、彼は見たことがなかった。まったく運がよかったのだ！　——彼は窓の外を手で指さした。

「来がけにわっしゃあ気がついたんですがね。デンマークの家畜は一流ですな。わっしゃあまだ、こんなのは見たことがねえですよ！」

茶色の牡牛の一群が、自分たちのことを話されているのに、気がついたらしかった。牡牛たちはじいっと、こっちを眺めた。一頭の犢《こうし》が汽車と並んで五、六歩走ってきた。

「あなたは畜産に興味がおありだと見えますね？」

鼻の赤い紳士が訊いた。

「当然ですよ」

キュルツはそう言って、

「わっしゃあ肉屋をやってますんでね。もう三十年になります！」

「それじゃあ、不思議はねえ」

紳士は相手をそらさない調子でこう言った。

「しかし今じゃわっしも、この稼業はちょっといやになってきたです。年がら年じゅう、牡牛の中に囲まれてると、しまいにゃ、いいかげんうんざりしてくるです！」

キュルツはそう言って、気持よさそうに笑った。

一座は甘酸っぱいような微笑をした。

「そりゃあ、まさか皮肉じゃねえでしょうな？」

遠慮がちにシトルム氏が訊いた。

肉屋の親方のキュルツはこの質問の意味がやっとわかると、ちょっとしょげた。

「そういうふうに取られちゃ！」

キュルツは夢中で、そう言って、

「こりゃけっして、あなたがたのことをいったわけじゃねえです。わっしゃあほんとの牡牛のことをいったんです！　皆さんのこっちゃねえです！　そんなふうに誤解されると、わっしゃあ困るです！　そんな失礼なこたあ、わっしゃあ、けっして人様にむかって言わんですよ」

彼はもう常軌を逸していた。

「なあに、わっしが冗談言ったんですよ」と、シトルム氏が説明した。

「ほんとですか？」

キュルツはほっとして、こう訊いた。

「やれやれ、これでやっと一安心したです。ほんとにわっしゃあ、そんな失礼なことはけっして、大きな声じゃ言わんです！」

ルーディと名のる紳士はクッションによりかかっていた。彼は目を閉じて、仰向きになって、スヤスヤと穏やかな呼吸をしていた。

イレーネ・トリュープナーは彼の顔を眺めた。彼女はその顔をじっと観察しながら、考えた。〈彼が今までわたしに言ったことばは、おそらく全部嘘だわ。どうしてきのうから、わたしのあとをつけまわしているんだろう？　あとをつけるのはいいとして、それではなぜ嘘をつくんだろう？　首天使ミカエルのような顔つきをして、このろくでなしの不良青年！　人相と性格の関連性なんて、でたらめだわ！〉

彼女は乱暴に窓のほうへ向きなおって、二、三分そとを眺めた。しかしすぐにまた頭を引き戻された。

〈この手は表情に富んでるわ！〉思わず、彼女はそう思った。〈でも、とにかく不良青年だわ！　わたしに歯が立つと思ったら大違い。歯を噛み折るわよ、ルーディ〉名前を呼び捨てにして、あとから頭の中で訂正した。〈ルーディ氏？――この寝坊助！　フン！〉

最後の点では彼女は思い違いをしていた。ルーディ氏は全然眠ってはいなかった。ただ眠っているように見えただけである。低く垂れた瞼《まぶた》のうしろから、彼はずっと若い娘を観察していたのであった。彼は憤慨していたのであった。〈畜生、選《よ》りにも選って、このイレーネ・トリュープナーが！〉と、彼は思った。〈選りにも選って、彼女がこんな美人でなければならないとは！　どうしておたふくであってくれなかったのか？　何年以来、こんな女に会いたいと思って待っていたろう？　やっと腕に飛びこんで来たと思ったら、あいにくこれだ！　畜生、いまいましい、ホールバインだの、ヘンリー八世の女たちなんか、首を斬られたやつも、斬られなかったやつも、全部地獄へ行っちゃうといいんだ！　ああ人生は、複雑なるかな！〉

　彼女はぐっとからだを屈ませて、変に彼を眺めていた。その目がだんだん大きくなり、だんだんまじめになってくるような気がした。いったい、おれの顔がどうしたというんだろうか？　とつぜん彼女は目を伏せて、小学生のように赤くなった。

　それを見ると、彼はたまらなくなって、目をさました。

「もう時間は過ぎましたか？」と、彼は訊いた。

　彼女はビクッとして、頭髪《あたま》を撫でた。

「何の時間がですか？」

「お約束の、会話の休憩時間が」

　彼はそう言って、

「ぼくの親戚にまだ、義務を果たさなきゃなりませんから」

「ああ、そう」

彼女は腕時計を眺めて、

「まだ時間がありますわ。おやすみなさい！」

「ぼく眠りましたか？」

「たぶん」と、彼女は言った。

「いびきをかきましたか？」

「いいえ」

「どうも忘れっぽいんで！」

この瞬間に廊下を一人の紳士が通った。白い頤鬚を生やした、黒めがねの紳士だった。彼は車室の中を眺めて、ゆっくりまた歩いて行った。

トリュープナー嬢は訊いた。

「あの紳士、あなたご存じ？」

「いいえ」

シトルーフェ氏はこう言って、

「しかし、まもなく知り合いになる光栄を得そうな感じがします。ぼんやりした感じですが」

結局彼の言ったことは間違いではなかった。

ジーランド島とラーランド島の間の連絡船で、足を伸ばすために車室を出ると、彼はまたその紳士と出会った。紳士はちょうど一人の旅客の前に立ちどまって、火を借りているところだった。シガレットを支えていた男が、白髪の頤鬚に何かささやいた。不審をいだいて眺めていた者には、これはすぐ気がついたはずである。

他人の間では普通ひそひそ話はしないものだ。用心も度を過ごせば軽率になる。

老紳士は歩いて行った。

ルーディ・シトルーフェはそのあとに続いた。

老紳士は車室の窓をジロリと見た。

シトルーフェはこの視線をたどって見た。するとそのとき三等の車室の中から、一人の男がこっちを見て老紳士が通るとき片目をつむった。

そしてその男のつむった目の下には著しく赤い鼻がついていた。

シトルーフェはその鼻に見覚えがあるような気がした。彼は連絡船の欄干に出て、バルチック海と、銀色の鷗《かもめ》と、連絡船の航路を示す浮標を五分間眺めた。……それから彼は振り返って、興味をそそった三等の車室を観察した。鼻の赤い紳士の隣に、彼は、耳のずり上がった小柄な紳士を発見した。それからアマリエンボルクの前で見かけた、もう一人の男も。

それからその向かい側には、そろいもそろった悪党面《づら》ばかりの間に、ダングルテールでイレーネ・トリュープナーといっしょに腰をかけていた、あの好人物らしい大兵《だいひょう》肥満の、粗毛布服の観光客がこしかけていた！

ルーディ・シトルーフェにはこの集団の意味が解《げ》せなかった。あの腕力のありそうな好人物が、この大ぜいの悪党どもの間にまじって、何をしようとしているのか？　それとも彼は案外好人物ではないのか？

シトルーフェは急に退却を始めた。彼は駆け足で車室へ急いだ。留守中に、意外な番狂わせが起こっていなければいいが！　彼は階段を飛び上がって、廊下を急いだ。車室のすぐ手前でブレーキをかけて、ことさら悠然とした歩きつきを示した。

トリュープナー嬢は依然として、もとの位置に腰をかけ、何か考えこんでいた。

彼はまた、もとの座席に腰をおろした。

彼女は彼のほうに顔を向けたが、視線はとつぜん彼の頭を通り越して、上へ行った。

彼は女の視線を追って、網棚の上を見上げた。スーツケースはまだそこにあった。

彼女はわらって訊いた。

「あなたはひとりで郵便屋ごっこしてらっしゃるの？」

彼には、女の言っていることがわからなかった。

「あなたの帽子のことよ」と、彼女は言った。

彼は帽子を脱いでみた。帽子のリボンに封筒がはさまっていた。

「変だな」

彼はそう言って、手紙をとって、開いて見た。

用箋紙に大きな、肉太のラテン文字で「命ガ惜シクバ危険ハ冒スナ！」と、書いてあった。

彼は手紙をたたんで、上着のポケットに入れて、眉に皺を寄せた。

「何かいやなこと？」と、彼女は訊いた。

「なあに」

彼はそう言って、なにげなくわらおうとした。

「知ってるやつのいたずらです！」

# 6　厄介な税関吏

ギエーゼルはとっくに通り過ぎていた。

税関と旅券の検査は、連絡船に乗る前にもう済んでいた。汽船は、列車を船腹に納めたまま、バルチック海を漂っていた。デンマークの海岸は、しだいに色が薄らぎつつあった。

肉屋の親方キュルツは立ち上がって、スーツケースをつかんだ。

「どこへ行くんですか？」と、シトルムが訊いた。

「食堂へ。わっしゃあ腹がへってきた。いっしょに行きますか、シトルムさん？　アックアヴィートを一杯おごりますぜ！」

キュルツは親父《おやじ》らしくそう言って笑った。

「あなたがた、もうちょっとしんぼうなさらないといけないですよ」と、乗客の一人が言った。「まだ船の税関が来ないですよ」

「こりゃまた、どうしたこった！」

シトルムは叫んで、ひどく意外そうな顔をした。

「しかし税関の検査はもう、済んだんでしょう？」と、キュルツは言った。

「連絡船で、またもう一ぺん、検査があるんですよ」

事情をよく知っている旅客が、こう言って説明してくれた。

「そいつぁ、どうも、解《げ》せねえですな」

キュルツはそう言って、

「来がけにゃやらなんだですがな」

「あなたはドイツの船でおいでになったですか？」

別な乗客がこういって訊いた。

「そうです。ドイツの船で来たです！」

「それだからだ！」

初めに教えた乗客はそう言って、

「今わたしたちの乗っているのは、デンマークの船ですからね。デンマークは厳重ですよ」

「官僚主義だよ、けしからん！」

フィリップ・アハテルが不平を鳴らした。

「複式簿記ってやつですよ」

別な乗客が皮肉った。

「それじゃ、まあ、しょうがねえですな」

キュルツは断念して、緑いろのズボンの上に腰をおろした。

「あせるは禁物、ちゅうことがあるですでな」

アハテル氏は網棚からスーツケースをおろし、座席の上に置いて開いた。

「早く済まねえかな。喉が乾いた」

カルステン氏は窓をのぞいていたが、しばらくすると、

「制服を着たのが来ますよ。あれがそうらしいですね」と、言った。

車室のドアがあいた。男が一人はいって来た。その男は金モールのついた青い水夫帽をかぶって、ゆるやかなマントをひっかけていた。男は敬礼をして、外国語で何かしばらく説明をした。

フィリップ・アハテルはその男に返事をすると、頭を振って、それから快く自分のスーツケースのところへ案内した。

税関吏はスーツケースの中を掻きまわすと、ちょっと怒ったような顔をして、また敬礼をした。こんどはほかの乗客たちが各自、自分のスーツケースと鞄をあけて見せた。制服の男は順々に職務を遂行していった。

「タバコかチョコレートを隠してらっしゃりゃしねえでしょうな？」

シトルムは小声で訊いた。

「そんなものはねえです」

キュルツは不承不承にスーツケースを開いた。

官吏はキュルツのところへ来て、デンマーク語でいろんなことを訊いた。

アハテル氏が間にはいって、キュルツの肩に手を置きながら、しきりと官吏に何か説明してくれた。

官吏はスーツケースの中に手をつっこんで、大きなまるめた、白い布を取り出して、何か訊いた。

「これは何だ、と言ってるんですがね」

フィリップ・アハテルが通訳をしてくれた。

「そりゃあわっしの寝衣《ねまき》です」

キュルツはムッとして答えた。

ほかの乗客がどっと笑った。アハテルは官吏に、寝衣の意味を説明した。官吏は、持っていた寝衣をスーツケースの中につっこむと、それからスーツケースの蓋をパタンと締め、乗客一同をジロリと鋭く見まわし、簡単に敬礼して、車を降りて行った。

キュルツはほっとしてスーツケースに鍵をかけ、蟇口《がまぐち》に鍵をしまった。

「不愉快なやつですなあ！」

キュルツはそう言って、

「いや、どうも、ありがとうごあした。あんたに助太刀してもらって、助かったですよ。すんでのことで、わっしゃあ寝衣を取り上げられるかと思ったです！」

「さあ、キュルツさん、もう食堂へ行っても大丈夫ですぜ」

シトルムはそう言って、

「わっしゃあここにいます。きょうはもう水を見ただけでいやんなるです。アックァヴィートどころじゃねえですよ！」

「みんなで席を取っておきますよ。ごゆっくり行ってらっしゃい」と、カルステンが言った。

「すんませんですな」

キュルツはそう言って、

「みなさんご親切なかたばかりで、わっしゃあまるで孫たちといっしょにいるような気がするですよ」

キュルツはスーツケースを提げて、列車のドアをあけた。降りがけに、彼は上着のポケ

ットに手をつっこんで、シガレットの箱を出すと、いたずらっ子らしくニヤリと笑って、

「どうです、このとおり！」と、言った。「タバコをちょろまかしてやったですよ！」

「あんたも抜け目がねえ！」

感心したようにシトルムが叫んだ。

キュルツはそれから意気揚々と甲板へ降りて行った。

一、二等の客は雅致のある、豪華な、明るい食堂に腰をかけ、ある者は立って、伊勢蝦《いせえび》から、甘いクリームのフワリとかかった、スエーデン・フルーツに至るまで、胃袋の唸るような、さまざまの珍味佳肴《かこう》が、ズラリと並んでいる長いテーブルの前で、嘆声をあげていた。客は並んでいる料理を、思い思いに自分の皿に取って、よだれを垂らしながらテーブルへ帰ってゆくのであった。

大ぜいの客がなんどもこの道を歩いた。というわけは、全然食べないでも一馬車ぶん食べても――値段は同じだからであった。

バルチック海は波が立っていた。窓からはときどき空が見えたり、海が見えたりした。船に弱い客はうんざりしたようにナイフとフォークを手から離して、唇をじっと結んでいた。なんとも、気の毒千万なことであった！　しかしだいたい、突発事件もなく、無事な

航海だった。

シトルーフェ氏はイレーネ・トリュープナーのテーブルに腰をおろした。もっとも、はじめテーブルに近寄ったときは、彼女はあまり歓迎するような目つきをしなかった。彼はまず食べるほうに専念した。彼女はフォークでサラダをつつきまわしていた。

「ふとるのがご心配ですか」と、彼は訊いた。

「いいえ」

彼女はそう言って、

「ちっとも心配していませんわ」

「それは結構ですね」と、彼は言った。

ふたりは互いに探るように相手の顔を眺めて、だまっていた。それから食べはじめた。

そのとき食堂に、節だらけのステッキと、スーツケースを提げたキュルツの姿が現われて、あたりをキョトキョト見まわした。トリュープナー嬢を見つけると、キュルツは嬉しそうに顔を輝かせた。鏡のようにスベスベした寄木張りの床の上を、用心深く彼は歩いて、トリュープナー嬢のテーブルの前に来て立った。キュルツはお辞儀をして、

「失礼してよろしゅうごわすか？」と、訊いた。

彼女はそっとわらって、うなずいた。

「キュルツちゅうもんでごわす」

　年寄のチロル人はこう言って、ビロードの中折を持ち上げた。

「シトルーフェです」と、青年は言った。

　肉屋の親方は椅子に腰をおろすと、あたりを見まわして、

「ハハア！　ここはカフェテリヤ式ですな。大衆食堂と同じですな」

　こう言って、また立ち上がった。

「すまんですが、わっしのスーツケースに気をつけていただきてえです」

　キュルツは若い淑女にこう言って、そっと目くばせをして、席を離れた。

「あの男をご存じなんですか？」

　シトルーフェが訊いた。

「きのうから。とても善いかたですわ」

「ぼくの方がご信任が浅いんですね」

　彼女は上半身をローソクのように垂直にして、おごそかに言った。

「セイテハ事ヲ仕損ズル」

　彼は黙然として、鳥のサラダに没頭した。

　やがてキュルツが帰って来た。彼はいっぱいに盛り上げた皿を持って、バランスをとり

ながら、預けたスーツケースを横目でチラリとにらんで、大儀そうにどっかと椅子に腰をおろした。

「生粋の高級食料品店ですな、こりゃあ」

と、キュルツは断言した。

「二度目の検査だなんて、ふざけたことをやりゃがって、おかげで、わっしゃあ食いはぐれるかと思って、ええ心配したですよ！」

「なんのおかげですって？」と、青年が訊いた。

「二度目の検査です、税関の」

キュルツはそう言って、

「ドイツの連絡船にゃ、こいつあねえです。デンマークの船だけです。いや、どうも官僚主義ってやつぁ、困ったもんですな。複式簿記ってやつですな」

キュルツは上きげんに笑って、食事に没頭した。

「二度目の検査？」と、シトルーフェは訊いた。

「いったい、いつです、そりゃあ？」

キュルツは口をモグモグさせながら、

「十分ぐらい前です。いやな面したやつでしたよ。マントを着とったです。あんたがたのとこへは来なんだですか？」

「いいえ」

　トリュープナー嬢は小声でささやいた。

「わたしたちのとこへは来ませんでしたわ、キュルツさん」

「相手によって差別待遇をすると見えますね、ここでは」

　ルーディ・シトルーフェはひとりうなずくように、こう言って、

「二度目の検査のあった車室は、一つきりじゃないんですか。どうも、そんな気がしてきせすね、だんだん」

　キュルツは口の中にちょうど鵞鳥《がちょう》のパイがはいっていた。キュルツは目を白黒させて、パイを飲みこんだ。

「そりゃどういう意味でごわすか？」

「役人はあなたの車室の手荷物の方によけい興味があったんですね。ほかの客のスーツケースより」

　青年はそう言って説明をした。

「理由はぼくは知りませんよ。しかし、それには何か理由がなくちゃなりませんね」

　キュルツはトリュープナー嬢をじっと見つめて、唇を動かした。声も出なかった。藪《やぶ》の

ようなごま塩の口髭がブルブル震えていた。いきなり彼はスーツケースをつかんで膝に載せると、蟇口を引っぱり出して、スーツケースの鍵を取り出した。

「ここでなさらないで！」と、トリュープナー嬢は言った。

命令的な調子だった。

シトルーフェ氏は興奮してふたりの顔を見比べた。

「わっしゃあ気が狂いそうです」

キュルツは口の中でそう言って、

「万一このかたのおっしゃるとおりだとしたら、わっしゃあ首をくらにゃならんかもしれん」

「あわてないで、気をお落ち着けになってよ！」

トリュープナー嬢はそう言って、立ち上がった。

「わたしそとの寝椅子に腰かけてますわ。キュルツさん、あなたどこかひとの見ないところで、二度目の検査が無事だったかどうか、確かめて下さいません？　それからすぐにわたしのとこへいらっしゃって下さいません？」

キュルツは立ち上がると、スーツケースをさげて大儀そうに、豪華な食堂をとぼとぼと出て行った。そのあとにはおいしそうな料理を盛ったキュルツの皿が、孤児《みなしご》になって、取り残されていた。

イレーネ・トリュープナーは遊歩甲板《プロムナード・デッキ》に通ずる横の入口から出て行った。

ルーディと名のる青年はキュルツのあとから少し離れてついて行った。そして洗面台に立って待っていた。

トリュープナー嬢は甲板《デッキ》に腰をおろした。隣の椅子は空《から》だった。風が鳴って、雲が走っていた。水平線の上に漁船が一艘《そう》揺れていた。漁船はときどきガラスのような緑いろをした波頭のうしろに隠れるかと思うと、ときどき天に届くかと思われるほど、高く押し上げられた。

重い足音が近寄って来た。彼女は振り返って見た。

キュルツとシトルーフェだった。

青年は病人にでも付き添うように、老人の脇の下を支えていた。おまけに彼はスーツケースをさげていた。スーツケースから白い布がはみ出していた。

キュルツはトリュープナー嬢の隣に腰をおろした。

「失《な》くなっとるです」

彼はただ、そう言うだけだった。

「失くなっとるです！」

「すぐ船長に知らせなきゃなりませんね」

　シトルーフェ氏は決然と言った。

「二度目の検査がくせものでした。キュルッさんは盗まれたんです。ヴァルネミュンデに着いたら、警察の取調べが済むまで、一人も船から降ろさせないようにしなきゃなりません」

「お願いですわ、余計なおせっかいをなさらないで下さい」と、トリュープナー嬢は言った。

「どうして余計なおせっかいですか？」

　シトルーフェはこう言って、

「盗まれたのはあなたじゃなくて、キュルッさんですよ！」

「わっしじゃねえ、このかたです！」と、肉屋の親方は言った。

「このお嬢さんです！　あの密画《ミニエチュア》はこのかたのです！」

「密画ですって？」

「六十万クローネの密画です」

　老人はがっかりしたようにこう言って、どもった。

「わっしゃあ、とうてい弁償できんですよ、お嬢さん、とうてい」

「そんなこと全然問題外ですわ」と、彼女は言った。

「責任はわたしひとりが負いますわ」

「りっぱなお覚悟です！」と、シトルーフェ氏は言った。

「それでいて、船長に知らせるのはいやだとおっしゃるんですか？」

「いやです、絶対に、お断わりしますわ！」

パパ・キュルツは両手で顔をおさえて、頭を振った。

「ああ、人間て信用できんもんですなあ」

彼はそう言ってうめいた。

「わっしをあんなにだまくらかすなんて！　あの税関吏がニセ者だった！　それから二度目の検査のことを言いだしゃがった、あの客がニセ者だったんだ！」

「キュルツさん、安心なすっていいのよ」と、イレーネ・トリュープナー嬢は言った。

「あの密画もニセ物だったんですわ！」

# 7　スーツケースと葉巻

彼らは三人で欄干によりかかっていた。イレーネ・トリュープナーはふたりの男の間に立っていた。パパ・キュルツはビロードの中折を脱いで、白髪を風に吹かせながら、海を眺めて、にこやかにわらっていた。キュルツは大病のあとのような気分だった。〈さあ、親方、もう起きてもようござんすよ！〉たった今医者から、そう言いわたされたような気分だった。

ルーディと名乗る紳士は、隣によりかかっている若い娘をジロジロ眺めながら、まるで狐につままれたような気がしていた。

「失礼ですが、お嬢さん」

キュルツ氏はそう言って、

「わっしゃあ何がなんだか、さっぱりわからんです。さっきはあんなに驚いたくせに、今はすっかり気が楽になっちまって！　ただ一つ、わっしにゃあどうしても解せねえことがあるです。わっしのかっぱらわれた密画《ミニエチュア》がニセ物とわかってたんなら、初めからそう言っといてもらうとよかったですがなあ！」

「そうじゃありませんわ、キュルッツさん！　あなたには、本物だと思いこんでいただかなきゃならなかったんですの」

彼女はそう言って、

「ごめんなさい、お怒りになった？」

「とんでもねえ」

キュルッツはそう言うと、

「あんたにゃあ、まんまと一杯食わされたですよ。しかし、怒っちゃおらんです。あんたに腹をたてることたあ、わっしにゃあできねえ。ほんとうですよ。しかしニセ物の密画を、なぜわっしに本物と思いこませる必要があったですか？」

「理由はごく簡単ですわ！　密画が二つあるんですの！　一つはニセ物で、一つは本物！」

ふたりの男はもう少しでよろけるところだった。

「そういうわけなんですの！」

イレーネ・トリュープナーはそう言って、

「本物を持っていたアメリカの蒐集家は、もう何年か前に、あるアメリカのホールバイン専門の偽筆家に頼んで、模写を一枚作らせて持っていたんです。展覧会には本物の密画は出さないで、模写を出していたんですの。このことはだれも気がつかなかったんです。本物を展覧会に出すのはあぶないとお思いになったんですわね。そのことを知っていたのはご自身と、そのかたの管理者だけでした。もっともこの間の競売者は知っていましたわ。ですからその模写も、むろん、本物といっしょにシタインヘーフェルさんのお手にはいったわけですの。シタインヘーフェルさんは二つとも、コペンハーゲンの、ある銀行の貴重品室にお預けになったんです」

「あんたを駅へ送って来た、あの二人の男は、ありゃなんだったんです？」と、キュルツは訊いた。

「あれは銀行の探偵でしたの。これですっかりおわかりになりました？」

「わかりませんね」

シトルーフェ氏はこう言って、

「ぼくには関係のないことですが、いったい、どういうわけであなたは模写をキュルツさんにわたして、本物《オリジナル》だと吹きこんだのか、その理由をうかがいたいですね」

「わっしにとっちゃ大いに関係があるです」

キュルツは不平そうにそう言って、

「わっしもぜひうかがいてえですな」

トリュープナー嬢はうさんくさそうに、シトルーフェを横目でチラッと見たあとで、

「きのうのお昼から、わたし、たしかにだれかに監視されて、一歩一歩あとをつけられているような気がしていたんですの。キュルツさんは、もちろんわたしの神経だって言ってらしたんです……」

「赤ちゃんが一人生まれたら癒るですよ、ってわっしゃあ言ったんです」

キュルツはニヤニヤわらいながら、こう言って、

「ところが、トリュープナーさんはそれまで待てねえと……」

「事実そのとおりでしたね」と、青年は言った。

イレーネ・トリュープナーは聞き流して、先をつづけた。

「お昼すぎの新聞に、百万クローネの骨董品が盗まれた、って記事が出ましたでしょ。わたしてっきり罠《わな》にかかったな、と思ったんですの。どうしたらいいかわかりませんでしたわ。そのうちにわたしふと、キュルツさんにお願いして、助けていただこうって考えが頭に浮かんだんですの」

彼女はそう言いながら、感謝するように、老紳士の粗毛布の腕に手を置いた。

「わたしたちは、ずうっといっしょにホテルに腰をかけていましたでしょ。もしわたしが

考えたように、だれかわたしを監視してたとしたら、きっと目についたと思ったんです。わたしたちはアマリエンボルクに歩いて行ってベンチに腰をかけたんですの。そこは聞こえはしないけど、ひとから見えるとこでしたわ。おそらくわたしたちは、あとをつけられていたんじゃないかと思うんですのよ」

「おそらくどころか！」と、シトルーフェ氏は言ったが、そのあとで相手の二人が、急に好奇心をそそられたような様子で、彼の顔を見たので、すぐに言いなおした。

「たしかにあとをつけられていましたね、そりゃあ！　模写《イミテーション》を盗まれたことから見ても、明瞭ですね！」

「もしあとをつけられていたとすると」

トリュープナー嬢はことばを継いで、

「こんどふたりが出会ったときは、いっそう厳重に監視されるにちがいないと思ったんです。当然それは予期しなければなりませんでしたわ。だからわたし、落ち合う場所を駅に決めたんです。あそこなら、スパイが十人でもわけなく見張っていられると思ったんです。わたしとキュルツさんがわざと知らんふりをしてる、ってことがわからなきゃいけないんですの。そうしてわたしが内緒で、そうっと小さな包をキュルツさんにわたすところを見せなきゃ！　てっきり密画だと思わせるように、そうしてキュルツさんからそれを盗ませるようにしなきゃいけなかったんですの」

彼女は、おかしさに耐えかねたおてんば娘のようにキュッキュッと笑った。

「わたしの思ったとおりになりましたわ。キュルツさんがやっぱり盗まれて、密画が失くなってしまいましたわ！　いいあんばいにニセ物のほうが！」

「少なくとも、ほんとうのことを話してもらってたら！」

キュルツはこう言って、

「あんなにさっきびっくりしねえですんだですがなあ」

「だって、キュルツさん」

トリュープナー嬢はこう言って、

「もしその前にほんとうのことをお話ししてたら、計画は失敗してましたわ。なぜなら、あなたはとても正直なかたなんですもの。お芝居をするなんてことは、とうていおできにならないわ。顔を見ただけで、わたしたちの魂胆を見抜かれてしまいますわ」

「光栄の至りでごわす」

キュルツはそう言って、

「それで、これからどうなるですか？」

「あの連中は、本物の密画を盗んだと思いこんでいますわ。そうしてベルリンに着くまでは、わたしたちの計略に気がつきませんわ」

「余計なことを申し上げるようですが」

シトルーフェはそう言って、

「あなたがたは、盗まれたことを、全然気がつかないようなふりをしていらっしゃらなきゃいけませんよ」

「それがいちばん大事な点ですわ」

トリュープナー嬢はそう言って、

「そうしないと、すべてが水泡に帰するのよ」

シトルーフェ氏はしばらく考えて、

「これからいよいよ、キュルツさんの仕事がむずかしくなってきましたよ」

「わっしゃあもう、勘弁して下さい！」と、肉屋の親方は叫んだ。

「わっしゃあ、いかにもお人好しの驢馬《ろば》にちげえねえです。それはわっしもみとめます。わっしがお役にたったことはうれしいですよ。しかしこんなおっかねえ活劇は、当分もうたくさんです。もうぞっとするです。それにわっしゃあ腹がへっとるです」

「もちろん召し上がってからでいいんですよ」

「召し上がってから？」

キュルツはこう言って、

「こんどは、長い黒い頤鬚《あごひげ》でもつけろとおっしゃるんじゃねえでしょうな？　それとも甲板《デッキ》からドブンと飛びこんで、船のあとから潜《もぐ》りで追っかけるですか？」

「それより、もっとむずかしい仕事ですよ」

青年はこういって説明した。

「あなたはまた車室へ帰らなきゃならないんです！」

キュルツはドキッとして、一歩後へさがると、両手をあげて、身を防ぐようなかっこうをした。

「そうして、全然なんにも起こらなかったようなふりをして、乗客と話をしなきゃならないんです」

「それっくれえなら、わっしゃあまだ、甲板から飛びこんだほうがましですよ」と、冴えない声でキュルツは言った。

「あなたは帰らなきゃだめですよ！」

「ようごわす」

魁偉《かいい》な老人はこう言って、

「そうおっしゃるなら帰ります。その代わり、わっしゃあ、二度目の検査の話をした野郎の素っ首をねじってやるですでな。ほんとうにわっしゃあ、やります！　あんな悪党野郎と、愛想よく話をせんならんと、おっしゃるんですか？　そのうえニコニコわらわんならんと？」

「もちろん」

ルーディ・シトルーフェはそう言って、

「うんとニコニコしなきゃだめですよ！」

「わっしゃあ、首っ玉をへし折ってやるです！」

「キュルツさん！」

イレーネ・トリュープナーは手を合わさないばかりにこう言って、

「わたしを見殺しになさらないでね！　どうか、どうか、お願いしますわ！　でないと、せっかくわたしたちの今までしてきたことが、みんななんにもならなくなりますわ」

キュルツは決心しかねたように、感情を抑えながら立っていた。やがて彼はクルリと背中をむけて、階段のほうへ歩きだした。

「キュルツさん」と、ルーディ・シトルーフェが叫んだ。

キュルツは足をとめた。

「スーツケースから何かのぞいていますよ。汽車へ乗る前に、つっこんどかないとだめですよ！　そうしないと、知ってることがバレちゃいますよ」

　キュルツは下を見た。

「あっ、そうか、わっしの寝衣《ねまき》だ！」

　それから彼は憂鬱そうに階段を降りて行った。

　フィリップ・アハテルは車室の窓から首を引っこめて、

「気をつけろ、やって来たぞ！」と、ささやいた。

　あとの連中は申し合わせたように姿勢を正して、一生懸命、人の好さそうな顔つきをしようとした。

「感づきゃがったらどうする？」と、カルステンが訊いた。

「感づくもんか」

　小柄なシトルム氏はそう言って、

「感づくような野郎じゃねえ」

「ひょっとして、もし感づきゃがったら、どうする？」

　カルステンはそう訊いて、

「たとえおめえ、なんにも失くなっていねえとしたって、どうせ、そのうちにゃあ、何か捜そうとして、スーツケースをあけるに決まってるよ」

「大丈夫だってことよ」

アハテルは言い張って、

「むじなをつかうこたあ、野郎にゃあできねえ！　感づきゃがったら、親分の命令どおりにするだけだ」

「野郎飲むほうはすげえぞ！」

シトルムは小声で言って、

「だが、海の水はアックァヴィートたあ違うからなあ」

そのときドアがあいた。一座をにぎわしていた話題の主人公が、鼻息をしながら車室へはいって来た。

「よう、これは、お帰んなさい！」

アハテル氏は叫んで、

「どうでした、おいしかったですか？」

「ここの食堂は第一級ですな」

キュルツはそう言って、

「わっしゃあ今からでも、もういっぺん食いに行きてえくらいです」

キュルツは口の中によだれが湧いてきた。食堂に残して来た前菜のことを考えると、キュルツは悲しくなった。胃袋がグウグウ鳴っているのを、聞かれるといけないと思って、わざと騒々しく咳払いをした。それからキュルツはスーツケースを用心深く持ち上げて、デンマークの生玉子でもはいっているように、そっと網棚の上に載せた。

ほかの連中は顔を見合わせてわらった。〈知ったらどうするだろう！〉と、腹の中で思いながら。小柄なシトルム氏は悪魔のように、歯を剥《む》いてわらった。

パパ・キュルツは腰をおろすと、両足を伸ばして、胸のポケットに手をつっこんだが、何か考えながらその手をまた引っこめ、いまいましげに頭を振って、めんどうくさそうにまた立ち上がった。

「何を捜してるですか？」

シトルムが気にして訊いた。

「いや、なに、シガー・ケースを捜しとるです」

キュルツはそう言って、

「スーツケースの中へはいっとるです」

腰をかけている連中はハッとした。〈さあ、ことだぞ！〉と、かれらは思った。

オスカル・キュルツはポケットから蟇口を出して、スーツケースの鍵を取り出した。

最初に平静を取り戻したのは、アハテル氏だった。

「タバコなら、なにもそんな苦労をしねえだって、あんた」と、陽気に叫んで、彼は自分のケースを差し出した。

「わっしの葉巻を一つ吸ってみて下さい」

「それともわっしのはどうです？」

カルステンがそばから言った。

するとまた別の一人が、

「シガレットは全然やらねえですか？　ラッキー・ストライクはどうです？」

パパ・キュルツは、差し出されたケースとシガレットの袋を眺めて、感激せざるを得なかった。「どうも、こりゃ、ご親切に、皆さん！　しかし、こりゃあ頂戴するわけにいかんです！」

フィリップ・アハテルは気を悪くしたらしかった。

「あんたはわっしらを侮辱なさるんですか？」

「とんでもねえ！」

老人はびっくりして、鍵と蟇口をまたポケットに納めた。

「シガレットなら、わっしゃあ、ちょろまかしたやつを持っとるです。こいつはしかし子供のみやげに持って帰ろうと思ってね」

キュルツはアハテルのシガー・ケースのほうを横目で見て、躊躇《ちゅうちょ》していたが、やっと手を伸ばした。

「遠慮なしに頂戴します」

三人の船客が同時に火を貸してくれた。

キュルツは腰をおろして、一座を見まわした。感激で胸がいっぱいだった。もっとも、税関の検査で彼に一杯食わした悪党の顔だけは見なかった。

「こんなに大ぜいさんが、皆さん善いかたばかりで」

そう言って、キュルツは気持よさそうに、スパスパと煙を吐いた。

ほかの連中はほっとして、にこやかにほほえんだ。

「すばらしい葉巻ですな」

肉屋の親方はこう言って、

「強《きつ》すぎず、柔らかすぎず、失礼ですが、どのくらいお払いになったですか？」

アハテル氏は値段を言った。そのあとからシトルム氏が、三十エールをドイツのペニヒに換算してきかせた。

「こいつは、どうも、一生覚えられそうもねえ」

あきらめたように、パパ・キュルツはこう言った。

「わっしゃあきのうコペンハーゲンで、六ペニヒの切手をくれって、ほんとうに、そう言ったです！　シトルムさんがいなかったら、わっしゃあ、まったく途方にくれるとこだったです」

こう言ってキュルツは笑った。ほかの連中もいっしょに笑った。

「そりゃそうと、わっしゃあ、そのはがきをホテルにほっぽらかして来ちまったです」

キュルツは無邪気に白状して、

「かかあのエミリエは、わっしを死んだと思っとるかもしれんです！」

「そう急に人間は死ぬもんじゃねえですよ」と、フィリップ・アハテルは言った。

「どんなもんですかな」

シトルム氏はそう言って、

「時によっちゃ、ばかに速えこともあるですからな」

シトルムはだまりこんで、両手をギュッと組み合わせた。指がポキンと鳴った。

「わっしゃあ、ある男を知ってたですがね、そいつはある大きな銀行の会計をやってたです！」

パパ・キュルツは大きな目で友だちのシトルムを眺めた。

「それで？」

心配そうに彼は訊いた。

小柄なシトルム氏は手を振って、

「止《よ》しましょうや、今さら古傷に触れてもしようがねえ」

感動したようにこう言って、

「わっしの友だちだったんです」

「動脈硬化ですか？」と、キュルツは訊いた。

「そうじゃねえです。そいつは銀行の金を持ってて、往来で話しかけられたんです。たしかタバコの火を貸してくれ、って言われたんだったと思うです。それでひっくり返っちゃったんです」

「心臓麻痺《まひ》ですか？」

「そうじゃねえです。編物針です。先をとがらしたやつで、肋骨《あばらぼね》の間をプスッとやられたんです」

パパ・キュルツは身震いをした。

「いろんなことがあるもんですよ！」

アハテル氏はそう言って、世の中はわからねえもんだという顔をした。

「悪いやつがいますからね！」

「そうですな。あんたのおっしゃるとおりです」

キュルツはこう言って、敵《かたき》の腰かけている、すみの座席をにらみつけた。それから彼は考えこんだ。

「しかし幸いなことにゃあ、大部分の人間は善人ですからなあ」

ほかの連中はうなずいた。

「たしかに」

アハテル氏はこう言って、

「それでなかったら、わっしらは何をしていいかわからねえです」

ほかの連中は同意しかねる目つきで、ジロリとアハテルを見た。

というのは、欄干にパンジオン・クルチウスの白髪の紳士が立って、こっちを見ていたからであった。

# 8　正直者のはなし

太陽は、観音開きのドアのように雲を押し分けて、連絡船ダンマルク丸と、のこりの世界を照らした。太陽は古い習慣を相かわらず守って、善人と悪人を同じように照らした。〈太陽が万物を照らすのは、ほんとうに、遠大な計画にすぎないのだろうか？〉ルーディと称する紳士は、腹の中でこう考えた。〈おそらく無精をしているんだ、それだけさ。かりに太陽が善人だけを照らして、悪人を照らさないとしたら、その苦労は考えただけで大変だ！〉彼は目をつむって、甲板の寝椅子に寝ころんでいた。〈秩序を監督する者の側からいえば〉と、彼は瞑想《めいそう》にふけりながら考えた。〈もちろん、そのほうが実際的だ。そうすれば簡単に、天気の好い日に街や広場へ行って、太陽の当たらない人間を、無造作に全部引っくくってしまえばいいんだ！　そうなったら、悪人は天気の好い日には散歩に出るかどうか、むろん疑問だけれど〉

彼は両手を伸ばして、ダラリと広げた。そして考えた。〈そうしたら、やつらは夜だけ散歩するかもしれない。それから、どしゃ降りの雨の日だけ。――そんなことになったら、六ヵ月も雨季の続く国なんかは観光客が殺到して、思いがけない好景気に見舞われそうだな。一年のうち何ヵ月か日の出ない地方なんか、大繁盛を来たすだろうな。いったい、大手を振って太陽の下を歩ける人間が、どれだけいるだろう？〉

彼はくだらない仮説の論理的な結果を、一生懸命ていねいに空想して、悪童らしく、ひとりニヤニヤわらっていた。

隣に腰をかけていたイレーネ・トリュープナーは、批判的に彼のあら捜しをしていた。額の皺《しわ》が彼女のスマートな帽子の下まで届いた。秘密を握られたことが、とんでもない結果になるのではあるまいか？　万一彼が、素姓の知れない怪紳士だったとしたら？——しかしそれならば、どうして彼女とパパ・キュルツに有益な助言《アドヴァイス》を与えてくれたのか？　彼はもう、彼女の秘密を握ってしまった。それなら、彼の秘密は？

とつぜんシトルーフェ氏はカラカラと笑って、目を開いた。

「ご気分がよすぎるんじゃありません？」と、彼女は訊いた。

「正直に申し上げると、よくないんです。ぼくは空想してたんです。もしも太陽が善人だけを照らして、悪人を照らさなかったら、世界はどんな光景を呈するかと思いましてね」

「世界がどんな光景を呈するか、ですって？　それよりも、あなたがどんな光景を呈するか、知りたいわ」

「さあ、どう思いますか？　皓々《こうこう》と輝くと思いますか？　それとも、日食のようになると思いますか？」

「たぶん市松模様じゃありません？」と、彼女は言った。

「あなたの胸にお訊きになって下さい！」と、叫んだあとから、彼は荘重な調子でこう言った。

「心ノ声ハ運命ノ声」

「吹き出すわ！」

厳然とした調子で、彼女は言った。

「笑うもんじゃありませんよ！」

彼は話題を変えた。

「あなたの、日に照らされたキュルツ氏は、まさか車室で変なことをおっぱじめてやしないでしょうね？」

「キュルツさんは、一目で正直なかただってことがわかりますわ！」

彼女はそう言って、非難するように、ジロリと隣の青年を見た。

「たいしたもんです！　あと三十年も齢《とし》をとったら、ぼくの性質のすばらしさも、だんだん精神から顔へ表われてくるだろうと思います！　そうしたら、あなたはおっしゃるだろうと思うんです。〈ルーディ、あのときはわたし、ずいぶんあなたに悪かったわねえ。赦《ゆる》して下さる？〉って。そのときぼくが赦すかどうかわかりませんよ」

「ほんとうにあのひと、変なことおっぱじめるとお思いになります？」と、彼女は訊いた。

　青年は答えた。

「ぼくはあのりっぱな老人は好きですよ。しかしあのバカさかげんは底抜けですよ」

　イレーネ・トリューブナーは心配そうな顔をした。

「まあ、勇気を出すんですね」と、彼は言った。

「どっちみち、無事には済みませんよ」

　それから彼はあらためて目をふさいで、善人も悪人も同じように照らす太陽の問題に、また没頭した。

　それから眠ってしまった。

　だれかにゆすられて、彼は目をさました。

　イレーネ・トリューブナーだった。

「ごめんなさい」

　彼女は小声でそう言って、

「でもキュルツさんはきのうの晩、もうコペンハーゲンで、黒めがねをかけた白い鬚の紳士と知り合いになった、っておっしゃってますわ」

スーツケースを忠実にそばに置いて、あいた椅子に腰をおろしていたオスカル・キュルツは、無器用にうなずいて、

「そうです。パンジオン・クリチウスで。なんてったですかな、あの街の名は、オスターブレーチヘンガーデとか、なんとかいいましたよ」

「結局だれだって、どこかに住まなきゃなりませんよ」

シトルーフェはそう言って、

「あなたと同じ下宿に住んでいちゃあ、どうしていけないんですか？」

「わっしゃあパンジオン・クルチウスに住んでたわけじゃねえです。わっしゃあただ、シトルム氏をそこへ送ってっただけです」

「シトルム氏とはだれですか？」と、青年は訊いた。

「わっしの知り合いです。とても善良な人間です。トリュープナーさんと知り合いになったホテルで、やっぱりきのう知り合いになったんです。切手を買うときに売店で世話になりましてな。ところがそのはがきをポストへ入れるのを、すっかり忘れて来ちゃったです」

「あら、まあ」と、トリュープナー嬢は言った。「かわいそうに、奥さん！」

ルーディ・シトルーフェは好奇心を起こして、椅子の上に起き上がった。

「そのシトルム氏とは、その後会いましたか、キュルツさん？」

「へえ、夕方、バッタリ会ったです。ある骨董店の前にそいつが立っとったです。わっしゃあ声をかけたです。するてえと、やっこさん、コペンハーゲンのアックァヴィートはどこよりもいちばんうめえ、ってさかんに主張するです。それからわっしを招待したです」

「それからシトルム氏に酔いつぶされたんですか？」

「正直いうと、最初に酔いつぶれたのはシトルム氏だったです。乾杯しようと思って、ヒョイと見ると、やっこさんもうおらんです。椅子の隣にぺったりすわってどうかしちゃっとるです。ボーイが頭に水をぶっかけたら、やっと住所を思い出したです」

「それがいまのパンジオン・クルチウスですか？」

「そうなんです」

キュルツはそう言って、

「わっしゃあ、そこへ送ってってやったです。宿の者は出ていておらなんだです。紳士が一人いただけでしてな。そいつは下宿人なんです。白髪《しらが》鬚を生やして、黒めがねをかけとったです。ところがその紳士は、きのう引っ越して来たばかりでしてね、シトルムがほんとうにその下宿に住んでるかどうか、知らねえんです。わっしゃあシトルムを食堂のソファにおろして、ホテルへ帰って来たです」

「いったい、何がそんなに気になるですか？」

シトルーフェはこういって訊いた。

「黒めがねの頤鬚の紳士だって、気が向けばベルリンへ旅行するのは、なんの不思議もありませんよ。それがどうしたっていうんですか？」

「あなたは、急に、お人好しにおなりになったのね？」

トリュープナー嬢がじれったそうに言った。

「ぼくはあなたに喜ばれたいんです」

ルーディ・シトルーフェはこう言って、

「あなたは、そういうのを尊重なさるんでしょう？」

「およしになってよ、くだらないこと！」

「じゃあ、よしましょう」

シトルーフェはキュルツのほうを向いて、訊いた。

「シトルム氏とは、きょう、駅でまたお会いになったでしょう？」

「会うことになっとったんです」

キュルツはそう言って、

「わっしゃあ、ひとりで旅行せんですむと思って、連れができたで喜んどったです。なんせ、スーツケースの中にゃあ、あの密画《ミニエチュア》がへえっとるで、そのためにもええあんべえだ思うとったです」

「あなたはその話をシトルム氏にしましたか？」

「とんでもねえ！　あの窓ぎわの野郎が二度目の検査の話さえせなんだら、何もかもうまいあんべえに行っとったんです。むろん、その車室のほかの連中も、このペテンにまんまと引っかかったんです！」

「みんな善い連中ばかりだったんでしょうからね？」と、シトルーフェが訊いた。

「まったく善い連中ばかりです」

請け合うようにキュルツはそう言った。

「むろん、そうでしょう」と、シトルーフェは言った。

「一つうかがいたいことがあるんですがね、キュルツさん、いったいあなた、どうしてそんないい車室へはいったんですか？　あなたがはいろうって言ったんですか？　それとも、シトルム氏がはいろうって言ったんですか？」

「わっしゃあ、ほんとうは初め、ほかの車室へはいろうとしたです。ところがそこに年寄の女が一人かけとったです。するてえとシトルム氏は迷信家なんです。年寄の女は縁起が悪い言うもんだで、それでわっしゃあ遠慮したです」

「それは当然ですね」と、シトルーフェは言った。

「わっしらの車室はシトルム氏がめっけたです。窓から顔を出した紳士に、おいそこ空《あ》いとるかって訊いて」

「それで、ちょうど二人かけられるだけの席があったんですか？」

「そうなんです！」

「窓から顔を出した紳士は、赤い鼻をしてたでしょう？　ちがいますか？」と、シトルーフェは言った。

　トリュープナー嬢はびっくりした。

「そのとおりです」と、パパ・キュルツは叫んだ。

「おかしな、でっけえ鼻をしとったです！　こいつもとてもおもしれえ男です。そいつはヴァルネミュンデまで行くんです。そこにかみさんが、子供を二人連れて行っとるんだそうでしてな」

「小さなかわいい子供を連れてね」

　ルーディ・シトルーフェはこう言って笑った。

「こいつあ不思議だ」

キュルツはそう言って、

「検査でわしらを一杯食わした野郎が、それと同じことを言っとったですよ！」

「鼻の赤い連中の家庭的な趣味は、こういう列車の中では、あんまりあてになりそうもありませんね。それからもう一つうかがいたいことがあるんですがね、キュルツさん」

「どうぞお訊きになって下さい」

「あなたの車室の連中は、お互いに知り合いの仲じゃないんでしょうね、確かに？」

「とんでもねえ！　ほんとうに知らねえ同士の寄り集まりです。それでいて、今もお話ししたように、とてもみんな愉快な連中です！　それにとても親切者でしてね！　さっきわっしゃあ、スーツケースからシガー・ケースを出そうとしたです。ところが、その連中、知らん顔して見とると思うですか？　とんでもねえ！　号令がかかったみてえに、みんながわっしに葉巻やシガレットを出してくれるです。あんたがたに見せたかったですよ。シガー・ケースとシガレットの箱で、わっしゃあ包囲攻撃に会ったです！　涙が出そうだったですよ！」

ルーディ・シトルーフェはもうまじめな顔をしていられなくなった。彼は朗らかにカラカラと、まるで高等学校の上級生のするような、相手かまわずの、愉快な高笑いをした。

パパ・キュルツはむかっ腹をたてた。

「何がおかしいですか？　赤の他人が親切で、愛想がええちゅうだけで、そんなにおかしいですか？　あんまり紳士的じゃねえですぜ、兄《あん》ちゃん！」

「そう」

シトルーフェはそう言って、

「紳士的じゃないですがねえ、しかし、うなずけないことじゃありませんよ」

シトルーフェはまたまじめになって、言った。

「トリュープナーさん、こうなったら、キュルツさんにはっきり教えてあげる必要が、ぜひあると思いますよ。このさきどんなことが起こるかわからないですからね」

イレーネ・トリュープナーは目につかない程度に、そっと頭をうなずかせた。

「キュルツさん」

シトルーフェはこう言って、

「あなたに聞いていただきたい話があります。まだあなたのご存じない話です」

「さあ、聞かしてもらいましょう！」

「いいですか――むかしむかし、あるところに、自分が正直なので、ほかの人間もみんな同じように正直だと思っている、正直者がいました」

「むかしあるところに？」

キュルツはこう訊いて、

「こりゃまるでおとぎ話みたいですな！」

「これもやっぱりおとぎ話なんですよ！」

青年は愛想よくそう言って、返事をした。

「それで、いまお話ししたその正直者が、ある日、ある外国の、ある知らないホテルへ行って、そこで、一人のきれいな王女と知り合いになりました。この王女は正直者に助けを求めました。彼は勇気のあるりっぱな男でしたので、むろんすぐに承知しました。王女は盗賊の一味につけねらわれていたのでした。盗賊は王女の持っている、ある高価な宝石に目をつけていました。王女と正直者が話し合っているのを、盗賊の一味が遠くのほうで監視していました。盗賊の一味は考えました。よし、ひとつあの男と親しくなってやろう。そこで盗賊の一人が正直者に話しかけました。話しかけて来た盗賊というのは、へんに特徴のある耳をしていました。というのは、その耳がバカに上のほうにくっついていて、おまけに透き通っていたからでした。正直者は、相手も自分と同じような正直者だと思いました。ところがほんとうの正直者が、つけねらわれている王女と連れ立ってホテルを出ると、悪漢は二人の仲間といっしょになって、王女と正直者のあとをつけました。どうです、おもしろいですか、このおとぎ話は？」

「なかなかおもしれえです」

キュルツはそう言って、

「いや、きれいな王女ちゅうのが、昔からわっしの短所でしてな」

「まあ、それはいいです。正直者はそれから王女と別れました。すると背の低い悪漢は、正直者をひとつ酔いつぶしてやろう、と決心しました。それというのは正直者をぐでんぐでんに酔わせたなら、王女の計画を聴き出すことができるかもしれない、と考えたからでした。そこで耳のずり上がった悪漢は、往来でバッタリ正直者に会いました。それから二人でいっしょにバーへ行きました。思いがけないことに、正直者は背の低い悪漢よりも、酒が強かったのでした。そこで友情に厚い正直者は、酔いつぶれた泥棒を、下宿へ送って行ってやりました。下宿には、うちの人がだれもいませんでした。なぜならそれは下宿ではなくって、盗賊の巣窟《そうくつ》だったからです。ドアをあけた黒めがねの白鬚の紳士は、盗賊の首魁《かしら》でした。そうして部屋という部屋には、手下の盗賊たちがうようよ腰をかけていました。――正直者は酔っぱらった泥棒を送りこんでホテルへ帰りました。正直者が無事に生きて出ることができたのは、一つには、盗賊の一味が、この男をまだ生かしておく必要があったからでした。それともう一つには、おとぎ話の中のこういう正直者には、いつも非常に有力な天使がついていて、彼を護っていてくれるからでした」

パパ・キュルツはだまって椅子に腰をかけていた。彼はポカンと口をあけていた。藪のようなごま塩の口髭がブルブル震えていた。

「その翌日」

シトルーフェはこう言って、話をつづけた。

「きれいな王女は、盗賊の一味が盗もうと思っている宝石を、正直者にわたしました。盗賊の手下はこれを見ていました。まもなく、へんな耳をした泥棒がそこへ現われて、正直者と二人で、座席のあいている車を捜しました。ふたりは正直者がはいろうと思った車室へははいらないで、鼻の赤い男がのぞいている車室へはいりました。それはちっとも不思議なことではありませんでした。なぜなら鼻の赤い男は、耳のずり上がった悪漢と、同じ盗賊の一味だったからです。盗賊の一味だったのは、この二人ばかりではありませんでした。その車室に乗っていた男たちは、全部その一味でした。かれらは、お互いに知らないような顔をしていただけでした」

「そうは言えんですよ！」

キュルツはささやくようにそう言っただけだった。シトルーフェが親しみをこめた、同情の目でじっと眺めると、キュルツは面目なさそうに首を垂れた。

青年はおとぎ話をつづけた。

「悪党たちはある計画を建てました。それはなかなかうまい計画でした。なぜならその計画は、非常にしっかりした土台の上に建てられたからでした。かれらは正直者のだまされやすい性質を、うまく利用しようとしたのでした。仲間の一人が税関吏に扮装《ふんそう》しました。車室の者がみんなスーツケースを開きました。そして税関吏は、正直者にちっとも不審を起こさせないで、その宝石をスーツケースから盗んだのでした。ただ正直者がお腹《なか》がすいて、車室を出ると、悪者たちは心配になってきました。宝石はもう一味の手にはいっていたのですが、もし正直者が、皆のいないところでスーツケースを開いて、盗難に気がついたらどうでしょう？　かれらは悪党たちの常として、非常に度胸がすわっていました。強盗と殺人とは非常に仲の好い姉妹で、ほとんど紙一重です。ところが正直者が帰って来て、相かわらず仲間に対してニコニコしているので、大丈夫だ、まだなんにも気がついていない、と、こう思ったんですね。彼が立ち上がって、スーツケースから葉巻を出そうとしたときだけは――一座がハッとしました。どんなことがあっても、あのスーツケースだけは開かせてはならない！　それで、みんなは大急ぎでシガーやシガレットを出してすすめました。そうして彼は正直者でしたから、みんなの並々ならぬ厚意に対して、涙を流さんばかりに感激をしたのでした」

シトルーフェ氏は一休みした。

キュルツは前屈みになって、腰をかけていた。顔はまっ赤になり、膝には握りしめた拳《げん》固《こ》がハンマーのように据えられていた。

「おとぎ話はここまでです」

シトルーフェはこう言って、

「しかし、まだ、おしまいになったわけじゃありません」

キュルツ氏は立ち上がって、

「いや、おとぎ話は終わったです！」

キュルツはステッキを握ると、ものも言わず、重い足を階段にむかって運び出した。

若いふたりは、前屈みになった巨大な老人の後姿を呆然《ぼうぜん》と見送った。

「どこへいらっしゃるの？」

イレーネ・トリュープナーは心配そうに訊いた。

キュルツは娘の手を無愛想に押し退《の》けた。

「車室へ行くです！」

「車室へ行ってどうするんです？」と、シトルーフェが訊いた。

「片をつけるです！」

老人はそう言って、

「悪党どもを殴り殺してやるです。平手でひっぱたいて。離して下さい！」

「いけませんよ！」

青年はそう言って、

「あなたには、ぼくは好意を持っているんだけど、この状態であなたを車室へは行かせませんよ！　たとえあなたと、この甲板で殴り合いをしたって！　たとえ病院へ運ばれたって！」

善良そのものともいうべきキュルツ氏が、いきなり手を挙げて、ルーディと称する紳士を殴ろうとした。

イレーネ・トリュープナーがふたりの間に飛びこんで、

「パパ・キュルツ！　どうなすったのよ。あなたはわたしを助けて下さるんじゃないの？」

「ものにゃ限度があるです」

キュルツは唸って、

「限度のねえのはただ、わっしのバカさかげんです」

そう言うと、キュルツは振り挙げた手をおろして、シトルーフェに言った。

「どうもご無礼しました。ごめんなさい！」

「どういたしまして」

トリュープナー嬢は、いきり立った巨人と腕を組んで、一歩一歩甲板のほうへ彼を連れて行った。

「泥棒を、全部殴るわけにはいかないでしょう」

「いや、車室にいるやつだけです」

ルーディ・シトルーフェは笑った。それから彼は疑ぐるような調子で言った。

「十本の指で十梃のピストルと闘うのは、趣味の問題ですよ」

シトルーフェは正直者を一つの椅子に押しつけた。

三人は長い間無言で、いっしょに腰をかけていた。イレーネ・トリュープナーは手を挙げて、水平線を指さした。ドイツの海岸が見えだした。

「だめです！」

しばらくすると、キュルツはこう言った。

「わっしゃあもう、あいつらといっしょにゃ、おられんです。ほんとうにだめです！　わっしゃあヴァルネミュンデで降ります。さもねえと不幸が起こるです。わっしゃあ、すぐ船から降りにゃならんです！」

## 9　初めて知る妻の心

ヴァルネミュンデで列車は連絡船を離れた。そして今は列車らしく、牧場や畑の間を走って、家畜のそばを通り過ぎていた。コペンハーゲンを出て、すぐに眠ってしまった旅客が、今初めて目をさましたとしたら、デンマークにいるのか、メクレンブルクに来ているのか、ほとんど判別がつかなかった。まちがえるくらい風景がよく似ていた。

二等のある車室で、黒いめがねをかけた白鬚の紳士が、クレーフェルトの紡織工場主と、ヨーロッパの海外貿易について語り合っていた。ふたりは、世界大戦によって生じた新情勢を論じ合っていた。ヨーロッパが大規模な自殺を企てている間に、昔ヨーロッパの顧客であった他の大陸が、如才なくその暇を利用して、工業的な独立を成し遂げてしまったこと、原料は輸入しなければならず、現金以外に輸出はできず、ヨーロッパのような大陸では、そのために危険が増大しつつある、という話をふたりはしていた。

そのとき小柄な紳士がそとの廊下を通った。耳のずり上がっているのが特徴になっている紳士であった。この紳士は車室の中をのぞいたわけではなかった。

ところが、白鬚の紳士の感興に、亀裂が生じた。ヨーロッパ貿易に対する関心が、急に消えた。とうとう彼は立ち上がって、何か口の中で言いわけをして、あわてて廊下に出た。

小柄な紳士は車輛の端に立ち、忘我の状態で、夢見るように、窓の外の美しいドイツの風景を眺めていた。

白鬚の紳士はそばに寄って来た。

「あれほど言っといたじゃねえか、ここへ来るなと！」

怒ったように、彼はささやいた。

「そんなら帰りやしょうか？」と、小柄な紳士は訊いた。

「どうしたんだ？」

「キュルツがいなくなりやがったんで！」

「そりゃ確かか？」

「機関車の中にでもいれば別ですがね。あそこは調べて見ねえんで」

「くだらねえ冗談言うな！」

「シタインヘーフェルの秘書もいなくなっちゃったです」

相手の紳士は白鬚をしごいた。

「きのうから娘につきまとってた若え野郎——」

「あいつもいなくなったのか？」

ふたりは景色を眺めた。むこうのほうにこわれた風車が立っていた。ゆるやかな緑いろをした丘の上だった。まわりでは畑が揺れていた。風が畑を撫でていた。

「何か感づきゃがったんでしょうか？」

小柄な紳士が小声で訊いた。

「それならサツが来てるはずだ」

「ベルリンの駅で待ってるかもしれねえです」

白鬚の紳士は高い額に皺を寄せて、それからこう言った。

「ローシトックでみんな降りろ！　おれはホテル・ブリュッヘルに泊まってる。ホルン教授だ。みんな同じ箱から降りるなよ！　バラバラになって、カフェ・フリントへ行ってろ。二階だぞ。一人見張りを出しとけ！　そのうちおれが行って、指図をする」

「わかりやした、親分！　承知しやした」

それからシトルムは自分の箱に帰って行った。

白鬚の紳士はまだしばらく窓のそばに立っていた。ローシトックの貸菜園が通り過ぎた。

付属病院の大きな新しい建物が見えはじめた。白鬚の紳士は車室へ帰ると、網棚からスーツケースをおろした。

「おや！」

　クレーフェルトの工場主はこう言って、

「あなたもベルリンへおいでになるんじゃなかったんですか」

　白鬚の紳士は帽子を頭に圧《お》しつけ、外套に腕をていねいに通してから、

「ちょっと気が変わりましてね」と、言った。

「久しぶりで、ローシトックの様子を見て行こうと思います。ちょっとアルマ・マーテル（彼は母校のことをラテン語でこう言った）を見たいと思いましてね。わたしはここで三学期勉強しましたですよ。こういう思い出は、いつまでも頭の中に残るもんですな。たった今、わたしはあの神々《こうごう》しい煉瓦造りの教会をチラッと見て、素通りするに忍びなくなりました。ベルリンではどんな用事が待っているかわかりませんが！」

　そう言って彼は笑った。

「ベルリンあたりとちがって、こういうロマンチックな北ドイツの小都会はいいですなあ、じつに！」

「生メヨ、殖《ふ》エヨ、地に満テヨ！」

クレーフェルトの工場主がラテン語で言った。

「たしかにそうですな」

ホルン教授はそう言って、これもラテン語で、

「ソシテ世界ヲ再建セヨ！」

ホルン教授は帽子を持ち上げて、廊下へ出た。まもなく列車がとまった。教授は列車を降り、駅を出て、別荘街を歩いて行った。そのあとで、彼はタクシーを呼び止めて乗ると、運転手に、

「ホテル・ブリュッヘル！」と、言った。

彼は座席によりかかって、考えた。〈シタインヘーフェルの秘書らがいなくなった。警察《さつ》はやって来ないとすると、どういうことだろう？〉

膝の下にはスーツケースが載っていた。彼は目を細くしてそれを眺めた。そして満足そうだった。

ヴァルネミュンデのホテル・ベリンガーはきれいな幅の広い、海岸の遊歩道路に面して建っていた。延々とのびた石の防波堤の手前には灯台がそびえていた。ホテルは灯台のすぐそばだった。

この有名なホテルに、たった今、三人の新しい客が到着した。客は三つ並んだ部屋を借り、旅の埃《ほこり》を洗い落としたあとで、ホテルのホールに落ち合った。

「とうとう来ちゃったですねえ！」

ルーディ・シトルーフェはこう言って、

「ぼくは降りないほうがいいって言ったんだのに。あなたがたがいうことを聞かなかったんですよ。どうします、これから？」

「遠足」と、イレーネ・トリュープナーが提案した。

「わっしが悪かったんです」

親方のキュルツはこう言って、

「わっしがバカなふるまいをしたもんで。わっしのバカだったことは認めます。だけど、わっしだって、たまにゃあ、腹のたつこともあるです。じっさい、自分で自分を褒めるわけじゃねえけど、わっしゃあまっすぐな人間です。しかし過ぎたるは及ばずですでな」

「パパ・キュルツ、どうかそんなにご自分をお責めにならないで！　シトルーフェさんは幽霊を見てらっしゃるのよ。泥棒たちは、あなたから密画《ミニエチュア》を盗んだのできっとホッとしてますわ。あの連中は早くベルリンで姿をくらまそうと思って、そればっかり待ってますわ」

「なんとでもお好きなように」

ルーディ・シトルーフェは慇懃《いんぎん》にそう言った。

イレーネ・トリュープナーはたのしそうにホテルの窓の外を眺めた。

「わたしはここにいるわ。わたしはここに泊まるわ。あした一番の汽車でベルリンへ行きましょう。そうしたってちっとも遅かないわ」

彼女は青年のほうをむいて、

「それともあなた、ベルリンに待ってるかたがおありになって？」

「待ってるのは宿のおかみさんくらいなもんです」

彼はそう言って、

「きっと家賃を心配していますよ。とにかくぼくは完全にひとりぼっちの孤児です。女房もなければ、子供もないです」

娘は大急ぎで話題を変えた。

「キュルツさん、わたしあなたにお願いがあるのよ」

「どんなことか知らんが、承知しました、なんでも！」と、彼は言った。

「奥さんに電話をおかけになって！」

娘はそう言って、

「日曜日からお宅じゃ大騒ぎよ。あなたがどこにいらっしゃるか、だあれもご存じないんですもの。絵はがきはコペンハーゲンへ置いて来ておしまいになるし、わたし見ていられないわ」

　キュルツは顔をしかめた。

「あなたがおかけにならなきゃ、わたしがかけるわ」

　彼女はこう言って、立ち上がろうとした。

「とんでもねえ！」

　キュルツは両手を挙げて、とめた。

「わっしがデンマークへ行って、その帰りにヴァルネミュンデみてえな、バルチック海の海水浴場でホテルに泊まってるなんて、そんなことを若いレディーからかかあに電話で知らされたら、わっしゃあもう、このまんまベルリンへは帰らねえです！」

「あなたは奥さんがこわいんですか？」と、青年が訊いた。

「そうじゃねえです。いろいろ、それにくっついて起こることがこわいでしてな！　うちのエミリエをご存じねえで、そんなことをお訊きになるですが、エミリエはあんた、でっけえ声を出しますでなあ」

　イレーネ・トリューブナーはじっと彼を見て、待っていた。

キュルツは唸りながら立ち上がった。

「ようごわす。どっちみち、やらずにすまんもんならしょうがねえ」

キュルツはホテルの事務室へ行って、ベルリンへ長距離電話をかけた。

若い者どうしがふたりきりになった。

「いったいおうちはどこなんです？」

ルーディ・シトルーフェが訊いた。

「ホテル・ベリンガーよ」

「ご冗談でしょう」

彼はそう言って、

「ぼくがうかがったのは、むろんベルリンのおうちですよ」

「あ、そう、カイザーダムよ」

「そんなことってあるでしょうか？」と、彼は言った。

「だってそうよ」

「ぼくんところはホルツェンドルフ街です。すぐそばじゃありませんか」

パパ・キュルツは悄然《しょうぜん》と電話室に立って、ベルリンにつながるのを、ブツブツいいながら待っていた。

一定の間を置いては、「ハロー、ハロー！」と、呼んでいた。いっそひと思いに、受話器をかけてしまいたかった。彼は自分を待ち受けている一大波瀾《はらん》を、平気であしたまで延ばしておける自信があった。彼はもう半分くらい、受話器をレストに戻そうと決心していた。

　そのとき何かコトンという音がした。そしてベルリンでだれかが呼んでいた。

「ハロー？　こちらはヨーク街の肉屋のキュルツでございますが！」

「エミリエかい？」と、彼は訊いた。返事がなかった。

「オスカルだよ」と、キュルツは言った。「あしたの朝帰るから、そのことだけ、ちょっと知らせとこうと思ってな。よけいな心配させるといかんで」

　まだ返事がなかった。

「わっしゃあ二、三日、デンマークへ行ってたんだよ。今ヴァルネミュンデにいるだ。まあ、おまえにゃあとですっかり話すよ」

　それでもまだ返事がなかった。

〈嵐の前の静けさだ〉そう思って、彼は新しい話題を捜した。

「店は別段変わりはねえだろうな？　フリッツの百日咳はどうした？」

　あとは何を訊いていいかわからなかった。なんにも頭に浮かばなかった。

「ハロー、エミリエ！　おまえ、口がきけねえのか？」

「オスカル、あなた、どうしてあたしたちをこんなひどい目に会わせるの？」

彼は自分の耳を信ずることができなかった。彼女は泣いている！　ほかのことだったら、どんなことでも覚悟をしていた。皿や壺《つぼ》が電話で送れるものなら、食器が頭の上に降ってくるくらいのことは先刻予期していた！　その代わりにあのエミリエが泣こうとは？

「おい、おい、まあ、そう……」

そう言って、それから、

「やい、やい、このバカヤロー！」

彼女は、がんこにむせび泣きをつづけた。

「いいかげんにもう、吠えるなあよさねえか！」

彼は唸るようにこう言った。自分のほうがすっかり感動していた。こんな意外なことはなかった！　結婚してからもう三十五年になるけれども、女房でも泣くことがあるのだということは、今の今まで全然知らなかった。

キュルツ夫人はまるで、今までとり逃がした機会を全部一どきに取り戻そうとでもするように、シクシクとむせび泣いた。

「もういい、な、もうやめろ」

彼はなだめるようにこう言って、

「あしたは帰るんじゃねえか。目を腫《は》らして店のテーブルの前に立ったら、お客さんがどうしたと思うぜ！　布《きれ》を冷たい水に浸して、目の上へ当てるがええだ」

彼女は鼻をかんで話しだそうとしたが、考えて、また泣きつづけた。

「おい、店のベルが鳴ったようだぜ」

彼はこう言って、

「さあ、それじゃ、さよなら、エミリエ！　じゃあ、あしたまでな。子供たちによろしく言ってくれ！」

大急ぎで彼は受話器をかけた。

〈二十年前にこいつをやってりゃよかったんだ〉彼はこう思った。〈今じゃもう遅かった。今じゃもう、泣いたってなんにもならねえ〉。それから彼はゆっくりとホテルのホールへ引き返した。ふたりの若人《わこうど》たちが腰をかけているテーブルへ。

同じ時刻にローシトックのカフェ・フリントの前で白い頤鬚を生やした一人の紳士が、そこに立っていた一人の男にタバコの火を借りて、こう言った。

「すぐに二人、自動車でヴァルネミュンデに行くように、シトルムに言ってくれ。あと五人はここの駅で、ヴァルネミュンデからはいってくる列車を、全部見張るんだ」

「合点です、親分」と、男は答えた。

「三人が見つかったら、すぐにホテル・ブリュッヘルのホルン教授に電話をかけるんだぞ！　上に行って交替しろ。おまえはいっしょにヴァルネミュンデへ行け」

「何ごとが起こったんですか？」

「よけいな口をきくな！」

ホルン教授はそう言うと、男の前でていねいに帽子を脱いで、往来を歩いて行った。

## *10*　ダンスホールのメッセンジャー

もう夕方に近かったが、イレーネ・トリュープナーは思い立った遠足を、どうしても実行しようと言った。

三人は渡船でヴァルノ川を渡り、市内電車で終点のマルクグラーフェンハイデまで行った。電車の線路は海岸のすぐそばの、沼地と荒野の中を走っていた。

三人はここから寂《さび》しい道を歩いて、森の中を散歩した。そこは礼拝がないときの、教会にいるような静けさだった。しかし海から来る風が、上の梢でザワザワ音を立てていた。人間は森の中にいると、ほかのどんな場所にいるときよりも、子供の時分のことをよけい思い出すから不思議である。その時分は木が、実際よりもはるかにうんと高く見えたものだった。そして灌木の茂みが今よりも、はるかに鬱蒼《うっそう》として、薄気味悪く感じられたものだった。あの時分は、赤頭巾が悪者の狼《おおかみ》に出会ったのもこの辺だったにちがいない、と、まだ本気でそんなことを信じていたものだった。そして途中で樵《きこり》の夫婦に出会ったりした晩は、ヘンゼルとグレーテルの両親に出会った夢を見たものだった。収入が減ったために二人の子供を森に捨てた、あの両親の夢を。

　この年ごろには森が妖精と小人《こびと》の住居《すまい》に見えるものである。それからその次には、それが愛のささやきの秘密な隠家《かくれが》に見える時代が、何年か続く。それが最後には、森を見ても、山林を伐採して製材工場で挽く板を思い出すにとどまり、たとえ窓はなくとも、無事にあの世に旅立つためには、人間四枚の板を要するのみ、と考えるような時代が来る。

　しかし森はいぜんとしてそのざわめきを止めないだろう。そして風は相かわらず足早に梢を駆け回るだろう。――ああ、人間輪廻《りんね》を信ずることができたら、どんなにしあわせかしれない。しかしだれにその勇気があるか？

灌木林のはずれとすれすれの、牧場の青い草の中にイレーネ・トリュープナーは腰をおろした。それからごろりと寝ころんで、茎と葉の格子細工の間から青い空を眺めた。二人の男はしょうことなしに草の上にしゃがんで、まるで中国人の家へでも遊びに行ったようにそこへすわりこんだ。

蟋蟀《こおろぎ》が、調子を合わせるように、マンドリンを搔き鳴らしていた。バッタが幅飛の練習をしていた。そして、そそっかし屋の黄いろい蝶が一匹――それとも彼は近眼なのだろうか？――トリュープナー嬢の帽子に縫いつけてあった造花の上にとまった。しかし、二、三分で蝶は錯覚に気がついて、がっかりして、蜜にありつけないで飛び去った。

ルーディ・シトルーフェは言った。

「ここに住むといいんですよ。小屋を三軒建ててもいいじゃありませんか？ どうです？ キュルツさんには野兎で、犢《こうし》のレバー・ソーセージとヴィーナー・シュニッツェルをつくってもらうんですよ。トリュープナーさんにはブリューベリーを採って来て、菩提樹《ぼだいじゅ》の花でお茶をいれてもらうんですよ。それから、ぼく聞いたことがあるんですが、山毛欅《ぶな》の実でパンが焼けるそうですね？」

「それで、あなたは？」と、イレーネ・トリュープナーは訊いた。「あなたはなんにもなさらないでいようっておっしゃるの？」

「ぼくは鰻《うなぎ》と比目魚《ひらめ》をとってきますよ」

「あんたは釣ができるですか？」と、キュルツが訊いた。

「できませんよ。ぼくは毎日電車でヴァルネミュンデへ行って、食料品店から燻製《くんせい》を買って来ますよ」

彼女は笑った。そして楽しそうだった。

そのうち三人は蟻塚の上に腰をかけたことに気がついた。

彼らがヴァルネミュンデに着いたときは、暗くなっていた。それでもまだ、彼らは防波堤を散歩して、陸と海とを厳重に仕切っている石の胸壁によりかかった。

こんなすばらしい光景が万人に開放されているというのは、いかにも残念なことだ。世の中にはこういう景色を眺める値うちのない人間が大ぜいいる。

帰りに、灯台のそばを通るとき、一人の男と出会った。シトルーフェ氏はその男をどこかで見たような気がして、気になったが、二人にはその話をしなかった。

トリュープナー嬢はあるダンスホールの前に立ちどまって、前庭に立てられている掲示板を読んだ。掲示板にはその晩、浴客のために仮装舞踏会の催しのあることが報じられていた。しかもその仮装舞踏会は〈聖パウロの一夜〉というモットーのもとに行なわれるのであった。

「ナルベクゴ仮装ノ上ゴ来場願イマス。タダシ絶対ニ必要ナ条件デハアリマセン」と書いてあった。

「この舞踏会に来ましょうよ！」

トリュープナー嬢は、ひとりぎめでこう言った。

「よしたほうがよかねえですかな？」

パパ・キュルツはそう言って、

「わっしたちはあしたの朝まで、できるだけおとなしくしとらんと、いかんと思うですがな」

ルーディ・シトルーフェも賛成した。

「ダンスは、ベルリンへ帰ってからだっていいじゃないですか」と、彼は言った。

トリュープナー嬢はしきりと主張して、

「せっかくその気になってるのに、二人とも意地悪！」と、言った。

「しょうのねえ赤ちゃんだ」

キュルツはこう言って、

「気持よく晩飯を食べようじゃねえですか。1/4リットルほど飲んで、ベッドへもぐろうじゃねえですか。あしたの朝は、遅れんように起きなきゃならんですよ」

何を言ってもむだだった。しまいに彼女はひとりで出かけると言いだした。

「わたしのせいじゃないわよ！」

「ええことになったな、ええことになったな！」

キュルツはこう言って、

「それに、じつは、わっしゃあ音楽を聞くてえと、すぐ眠っちまうんでね。ことに晩飯のあとがいかんです。わっしゃあ昔から、五時になると起きなきゃおれん質《たち》でしてね。それにわっしの音楽のわからねえことときたら、まるで河馬《かば》みたいでしてね」

しかし二人の男にはどうするすべもなかった。彼らは屈服した。

ホテル・ベリンガーに着くと、三人はちょっとのあいだ別れて、それからいっしょにベランダで夕食をしたためた。

「われわれすっかり忘れていましたよ」

ルーディ・シトルーフェはそう言って、

「電話の結果を聞くことを。ほら、あなたとご令閨《れいけい》との」

パパ・キュルツは初めだれのことを言われているのか、全然わからなかった。

「おお、そうか！」

やっと彼は叫んで、

「エミリエのことをご令閨なんて言われると、わっしゃあまるで他人のことを言われているような気がするです。どうして初めからかみさんと言わねえです？　エミリエはわっしのかみさんで！　それ以外の名前はみんな余計でさ」

「ひどく憤慨なすったでしょう？」

トリュープナー嬢はこう訊いて、

「よっぽどお叱られになって？」

「そのことなんです。それがねえ！」

キュルツはそう言って、

「わっしゃあ、いまだにほんとにできねえです。エミリエのやつ、まるっきり、小言も言わなんだです。こんなことは結婚以来初めてです！」

「どうだったんですの？」

パパ・キュルツは返事に困って、一口飲んでから、

「泣きゃがったです」と、言った。「かかあが泣いたな初めてでさ」

「うれしくって？」と、シトルーフェが訊いた。

老人はうなずいた。

「気味が悪いでさあ、ねえ？　わっしゃあ、びっくらしたです。ほんとうに泣きゃがったです。赤ん坊みてえに。一言もしゃべらねえで」

「そらごらんなさい！」

シトルーフェ氏は宣言した。

「二十年前にこいつをやってたら、あなたのおかみさんはきっと、もうそのときに嬉し泣きをしてたですよ」

「わっしも受話器をかけたときにそう思ったですよ」

キュルツはこう言って、

「人生が一変しとったですよ」

「今までよりもすばらしくなっていましたよ！」と、青年は言った。

肉屋の親方はまた一口飲んで、

「たしかに！　そうならねえようにできてたんです。まあ、ああだったから、こうだったちゅうわけで、まったくおかしなもんでさ！」

青年はまだその話題から離れようとしなかった。

「しかし、それにしても！」

彼はこう言って、異議をさしはさんだ。

「これは一つの懲戒《みせしめ》だと思わなきゃなりませんね。それから一つの教訓を引き出さなきゃなりませんよ」

「たとえばどんな？」

イレーネ・トリュープナーがおもしろがって訊いた。

「ぼくは結婚したら」

ルーディ・シトルーフェはそう言って、

「女房がけんかを吹っかけたら、すぐに、コペンハーゲンへ旅行しますよ」

イレーネ・トリュープナーは立ち上がった。

「わたしはお邪魔になりそうね。そういう処世哲学では、とてもみなさんと太刀打《たちう》ちできないわ。——五分たったらお迎えに来ますわ。舞踏会に」

彼女は腰を屈めて、あいさつをして、それから自分の部屋へ歩いて行った。

二人の男はコップを差し上げて、愉快そうに目くばせをし合った。

「こういう話は女にゃわからんですよ」

キュルツはこう言って、

「しかし、こりゃまじめな話ですがね、あんたも結婚したら、あんまり遅くならんうちにコペンハーゲンへでかけるんですな！」

「コペンハーゲンでなくちゃいけませんか？」

「なあに、そんなことはねえ！　北極でもかまわんです！　女ってやつは、わっしらがいなくならねえと、わっしらのありがたみがわからんですよ」

「結婚地理学はもうこのくらいにしておきましょう」

青年はそう言って、

「どうです、こんなつまらない苦労は忘れて、何か愉快なことを考えようじゃありませんか？」

「そうしましょう」

オスカル・キュルツはそう言って、

「プロースト！」

「プロースト！」と、シトルーフェは叫んだ。

「女がいなかったら、われわれは、全然刺激がなくなりますよ。刺激のない人生は、落莫《らくばく》たるものですからね！」

ローシトックからヴァルネミュンデに通ずる公道を一連の自動車が疾走していた。ローシトック市のナンバー・プレートをつけた六台のタクシーだった。ヘッドライトで夜道を照らしてくる先頭の車には、客は一人しか乗っていなかった。白い頤鬚《あごひげ》。黒めがねをかけている。客は運転手との境のガラス窓をあけて、

「もっと速く」と、号令をした。「みんなきみのような閑人《ひまじん》じゃない」

「木にぶっつけたからって、それだけ早くヴァルネミュンデに着くわけじゃござんせんからね」と、運転手は言い返した。

「もっと速く」と紳士は命じた。「文句を言うな！　木の代は払う」

彼は座席のうしろの小さな窓をのぞいた。残りの五台は一列縦隊であとに続いていた。二番目の車にはシトルム、アハテル、カルステンの面々と、もう一人レスラーのような男が乗っていた。切り株のような首をした、大きな、ブルドッグのような男だった。彼らはタバコを吸いながら小声で話をしていた。

「親分の悪い癖だよ！」

フィリップ・アハテルは、きめこむように、こう言って、

「夜中に引っぱり出すからにゃあ、せめて理由と目的ぐれえ、言ったってよかりそうなもんじゃねえか！」

カルステンは言った。

「親分のこった、何か理由があるんだよ。冗談に計画を変えやしねえよ」

レスラーが重々しくうなずいた。

「今夜はちょっと荒れるかもしれねえ。おりゃそんな気がする」

「勝手にしやがれ」

アハテル氏はつぶやいて、

「おりゃあこれでも物を考えるほうだからね、物事のつながりが知りてえんだ！　こちとらはお巡《まわ》りたあ違わあね！」

「全然逆だろう！」と、シトルムが笑った。

「なんのために、どいつをやっつけようと、こちとらの知ったこっちゃねえや」

レスラーはこう言って、

「礼さえたんまりもらやいいんだ」

「無学なやつぁしょうがねえ！」と、アハテル氏は言った。

「ドジを踏まねえように気をつけろよ！」

カルステンはこう言って、

「おまえの鼻にゃあ、嗅がしても嗅がさなくってもな、親分はちゃんと心得てるんだ」

「こんな赤っ鼻にゃ、なんにも嗅がさねえほうがいい」と、シトルムは言った。

ヴァルネミュンデのダンスホールは盛大だった。浴客はいろんな仮装をして現われた。スペインの風俗をしたのもいた。船乗りもいた。ギリシャ・ローマ時代の服装をしたのもいた。ロココ時代の貴族も現われた。

電灯の上には、色とりどりのシルク・ペーパーがかぶせられ、あっちこっちの数知れぬすみずみ、仕切席、壁龕《ニッチ》から寄木張りの床の上めがけて、紙テープが飛んでいた。このダンスホールは、見たところ、非常にローマンチックな建築家が設計したものと思われた。小さな階段、人目を避けた、居心地のよい片すみ、優雅な柱があり余るほど、至るところにつくられていて、隠れんぼうができそうだった。

楽隊は非常に情熱的だった。イレーネ・トリュープナーは、オーケストラから遠いテーブルを選んだが、席につくや否や、肉屋の親方キュルツはもうさっそく、居眠りと格闘を始めた。

トリュープナー嬢とシトルーフェとは老人の隣に腰をかけて、ほほえんでいた。ふたりは老人の居眠りの見張りをすることに腹をきめていた。

「そいだで、わっしゃあ、初めっからあんたがたに言っといたんだ」

老人はそう言って、

「どういう関係かわからんが、音楽を聞いたら、もうあかんです」

「キュルツさんが眠くなるのは、音楽がわからないからじゃないと思いますね」

シトルーフェはこう言って、

「キュルツさんのはむしろ、音楽が好きだから眠くなるんですよ！」

「たしかにそうなんです！」

キュルツは嬉しそうにそう言って、

「そうなんですよ！　わっしゃあ、音楽が騒々しきゃ騒々しいほど、よけい眠くなるでしてな。――さあ、あんたがたは踊りに行って下さい、踊りに！」

「わたしたちはあなたのお相手をしてたほうがいいんじゃないんですの？」と、トリュープナー嬢は訊いた。

「いや、お相手なんかせんでもいいです、さあ、立つだ、立つだ！」

ふたりは立ち上がってテーブルのそばをとおり、階段につまずき、すみっこの行止まりに迷いこんだりしながら、くねくねと歩きまわってダンシング・フローアに出た。ふたりはゆるやかなワルツを踊った。

ルーディ・シトルーフェは言った。

「このうちを建てたのは二十世紀のゴシック建築家と見えますね」

「あなたはゴシックをご存じなの？」と、彼女は訊いた。

「いや、知らないんです。二十世紀についても何一つぼくは知らないんです」

ゆるやかなワルツはいつ果てるとも思われなかった。ところが驚いたことに、やっぱり楽隊は終わった。すると、いつまでも拍手がやまないで、楽隊はとうとう引き続いてタンゴをやりだした。打楽器のところにいた男が、それに合わせて歌をうたった。作詞家が古い流行歌を一ダースばかりぶちこんで、混ぜ返して作ったものであることが、判然とわかるような歌詞だった。

イレーネ・トリュープナーは、

「アイルランドのシチューみたいね」と、言った。

「それでなくっちゃいけないんです」

シトルーフェはそう言って、

「大衆は昔の歌を、いつまでも繰りかえして聞きたいんですよ。だから流行歌の作詞家は、ほんとうに新しいものは書けないんです。たとえ書けても」

タンゴが終わると、ふたりはぶらぶらテーブルへ帰った。パパ・キュルツは眠っていた。息を吐くたびに口髭がフワッと逆立った。ふたりは様子を眺めて、しばらく寝息をうかがっていた。そのうちにシトルーフェは、

「ベッドへ連れて行きましょうか？」と、言った。

そのときキュルツはハッと目をあけて、びっくりしたように、楽しそうなあたりの景色をキョトキョト見まわした。それから、

「ああ、そうか」と、言った。

「わっしゃあ初め、どこにいるのかさっぱりわからなかったです！」

それからキュルツは何か言いかけて、急に人形のように大きな丸い目をして、気が抜けたように、茫然《ぼうぜん》とテーブルの上を見つめた。

ふたりはキュルツの視線を追った。トリュープナー嬢は漆喰《しっくい》の壁のように白くなった。

「まあ、どうしたってことでしょう！」

テーブルの上には小さな包が一つ載っていた！

それは昼間コペンハーゲンで、彼女が改札口を通るとき、キュルツ氏にそっと手わたしたのと、同じ包だった！　しかもそれはキュルツ氏が、連絡船ダンマルク丸で、にせの税関吏から盗まれたのと同じ包だった！

　老人は頭の髪をつかんで、

「わっしゃあ眠っとるんじゃねえかしら？」と、言った。

「眠っちゃいませんよ」

ルーディ・シトルーフェはそう言って、

「そんなに興奮してどうしたんですか？」

キュルツはシトルーフェに顔を寄せて、無気味な包を指さしながら、

「ニセ物の密画《ミニエチュア》です」と、ささやいた。

シトルーフェはトリュープナー嬢を見た。彼女はうなずいた。

「それに手紙が置いてあるじゃねえですか！」

こう言って、キュルツは手を出した。

青年は柱によりかかっていた給仕を呼んだ。

「たった今、だれかこのテーブルへ来なかった？」

「わたしはなんにも気がつきませんでしたが」

「それとも使いが来て何か置いて行かなかった？」

「よく存じませんですが」

「よろしい。ありがとう」と、シトルーフェは言った。

給仕は引きさがった。

肉屋の親方キュルツは、上着から読書用のめがねを取り出して、封筒を開いた。めがねをかけて、封筒から手紙を出すとき、キュルツは指が震えた。彼は手紙を開いて、読んだ。

手紙には次のような文句が書いてあった。

「ワレワレハドンナ無礼ニモ慣レテイル。シカシ貴殿ガワレワレニ加エタ行為ハ無礼モ甚ダシイ。ソレデモ貴殿ハ紳士ダト言ウノカ? 恥ヲ知レ! マタ会オウ」

キュルツは手紙をふたりに渡した。

ルーディ・シトルーフェは真剣な場合ではあったが、吹き出さないではいられなかった。

「敵は道徳的に憤慨していますよ!」

彼はそう言って、

「その上これだ! こいつはますます愉快になってきましたね」

イレーネ・トリュープナーは蒼ざめて、ものも言わないで彼女の席に腰をかけていた。彼女は書類鞄をギュッと胸に圧しつけて、心配そうに、落ちつかない目つきであたりを見まわしていた。

キュルツは憤慨していた。

「恥を知れだって?」

カンカンになって彼はこう訊いた。

「生涯にまだ、こんなことをわっしに言ったやつは、一人もおらんですよ。わっしゃあ初めてですよ、相手もあろうに、こんな浮浪人どもに!」

キュルツはしばらく考えていたが、それから大まじめで、

「それにわっしゃあ、自分でも本物だとばかり思っとったですからな！」

「こんど会ったとき、あなたの車室のお友だちに言ってやるといいですよ」

ルーディ・シトルーフェはわらいながら、そう言った。

「この紳士たちは手紙を書くのが好きですね」

シトルーフェはこう言って、快活にパパ・キュルツにうなずいて見せた。

「ぼくもすでに手紙をもらっているんです」

「いつですか？」

「今日昼間、連絡船でちょっとあなたの車室を見学しているうちに、そっと帽子へはさんでよこしたんです」

トリュープナー嬢はハッとした。

「やっぱりあれがそうだったのね！」

「あんたもやっぱり文句を言われたですか？」と、キュルツが訊いた。

「いや、ただ警告だけです」

「あのとき汽車の中で、どうしてほんとうのことをおっしゃらなかったの？」

イレーネ・トリュープナーがこういって訊いた。

「なんのためにですか？　だってあなたは、ぼくのことだけ気にしていらっしゃればよかったんでしょう？　そうじゃございませんか、美しい王女さま？」

「わたしはホテルへ帰りたいわ」と、トリュープナー嬢は興奮して言った。「すぐにホテルへ帰るわ。わたしいっときもいられないわ！」

「残念ながら、そうは行かないですよ」と、ルーディ・シトルーフェは言った。

「あいつらは、ただニセ物の密画をぼくらに返して、ベルリンへ発ったと思ってらっしゃるんですか？」

「それじゃ、どうだというんです？」と、キュルツは訊いた。

「今の手紙の最後に、なんて書いてあったですか？」と、シトルーフェは訊いた。

肉屋の親方キュルツはもう一度手紙を開いて、読んでみた。

「マタ会オウ」

「ごらんなさい！　一歩外へ出たら、少なくとも、荒くれ男の十人くらいは飛びかかって来るものと思わなきゃなりませんよ」

「おもしれえことになりますな、そりゃあ」

キュルツはそう言って、

「わっしゃあステッキをホテルへ忘れて来た！」

それからキュルツはトリュープナー嬢に口を寄せて小声で訊いた。

「本物の密画はどこにあるですか？」

「わたし——自分で持っているのよ」

彼女は歯を食いしばって、泣くまいとした。

「糞くらえ！」

キュルツはそう言い放って、

「こりゃまるで、包囲された要塞ですな！」

「さいわい、ぼくたちの要塞はレストランをやっていますからね」

シトルーフェはそう言って、

「食糧と飲料には、当分不自由しませんよ」

「ステッキさえ忘れずに持って来とったらなあ」と、パパ・キュルツはまた言った。

「ステッキがあったって、役にたつもんですか」

ルーディ・シトルーフェはそう言って、ほかの客の顔を念入りに検査しはじめた。

イレーネ・トリュープナーは、

「少なくとも敵がどんな計画を立てているか、それがわかるといいんだけどなあ！」

「寒いわ」と、ささやいた。

キュルツは給仕を呼んで、

「コニャックの大を三つ。ちょっとばかり早いとこ頼むよ！」と、言った。

## 11　仮装舞踏会の幕が閉じる

〈聖パウロの一夜〉はいよいよ佳境にはいった。周囲の無関心を感ずるほど、この世に人の心をあおり立てるものはない。これを感じないものはもう、一人もいなかった。楽隊は相かわらずにぎやかに、ますます奔放さを加えてきた。テーブルにも、仕切席にも、壁龕にも、いよいよ友誼《ゆうぎ》的な気分が漂いはじめた。シャンデリヤと柱の柱頭《キャップ》から垂らされた紙テープが、明け放った窓のカーテンのように、ヒラヒラと動いていた。ブドウ酒の空瓶《あきびん》が兎のように殖《ふ》えていった。帰る客があるかと思うと、また新しい客が現われた。

「あんたは、横目で入口ばかり見とるじゃねえですか？」

キュルッはそう言って、

「もうこのうえ密画《ミニエチュア》を持ってくるやつはおらんですよ！　もう二つともわっしらが持っとるだで」

「それだからこそですよ」と、ルーディ・シトルーフェは答えた。

「わっしゃあ砲兵だったですが」

キュルツは唸るようにこう言って、

「こんな火薬桶の上に腰をかけたこたあ、まだ生涯にねえです！」

キュルツは目くばせをして給仕を呼んだ。

「もう三つコニャック！」

それからキュルツは、子煩悩《こぼんのう》な父親のように、イレーネ・トリュープナーのほうを優しく眺めて、

「どうしました、わっしらの王女はなんにもおっしゃらんじゃねえですか？」

彼女は肩をすくめた。

「おふたりとも、わたしのためにとんだ羽目に陥っておしまいになったわね？　おふたりにとって、いったいなんの関係《かかわり》がおありになるの？　ねえ？　どうか、もうわたしにおかまいにならないで下さいません！　ホテルにお帰りになって！　でなきゃ、ベルリンへでもコペンハーゲンへでも、お発ちになって！　どこへでもおいでになっていただきたいわ！　ねえ、ほんとうにおいでになって！」

「それであなたはどうなさるんですか？」と、青年は訊いた。

「わたしはなんとでもしますわ」

彼女はそう言って、

「給仕かシガレット・ボーイを最寄《もよ》りの警官へ走らせますわ」

ルーディ・シトルーフェは眉を上げた。

「おっしゃっていただきたいですね、二、三十人の集団強盗を相手に、最寄りの警官はどうしたらいいんですか！」

彼女は返事をしなかった。

「六十万クローネですからね」

彼はそう言って、

「三マーク二十ペニヒのために、二、三十人の大人が殴り殺された事件さえあるんですからね」

彼女は言った。

「じゃあ、ローシトックの警視庁に電話をかけたっていいわ」

「そりゃあいいですよ」と、青年はうなずいて、「しかしおそらくむだでしょうね。われわれが包囲されていることは確かですからね！　完全に包囲されていますよ！　それに相手はかならず、ローシトックからヴァルネミュンデに来る国道に、見張りを置いていますよ。いざという場合には、そいつが包囲軍に電話で連絡するでしょう。特別警察隊の自動車が出たことを見張りが知らせれば、敵はすぐにぼくたちの首をひねりますよ。そうなったら、警視庁だって間に合やしませんよ」

パパ・キュルツはだんだん腹がたってきた。

「待った！」

彼はそう言って、

「あんたの言うとおりかもしれんです。しかし、そんならどうしろちゅうですか？　自分の葬式を待つですか？　そりゃあ、わっしの趣味にゃあ合わんですよ！」

「ぼくだってそうですよ」

シトルーフェはそう言って、

「敵の計画がおおよそでもわかってるといいんですがね！」

彼はしばらく黙って、全然無関係なまわりの雑踏をいまいましそうに眺めた。

給仕がコニャックを三つ持って来た。

「まあ、プローストといきますか！」

オスカル・キュルツが唸った。

三人はグラスを挙げた。

ルーディ・シトルーフェは飲まないで、グラスをおろした。彼は入口を眺めながら言った。

「いよいよ冗談でなくなりましたよ！　しっかりして下さい！」

あとの二人はシトルーフェの視線を追った。パパ・キュルツはドキッとして唾《つばき》を飲んだ。ホールの真中にシトルム氏とアハテル氏が立っていたからである！　二人のうしろから、強盗団の一味とおぼしい数人の男が、入口に押し合っていた。

「まさか、こう出るとは思わなかったですよ！」

シトルーフェはこう言って、

「公然《おおっぴら》の襲撃と来たか！　泰平の真さなかに！」

彼は屈んで、テーブルの下からブドウ酒の空瓶を一本拾った。

「もう一つそういうものはねえですか？」

パパ・キュルツは訊いた。とつぜん、キュルツは気でも狂ったかと思われるほど、顔じゅうがパッと輝きを帯びた。

青年は、

「そら！」と、ささやいて、空瓶をわたした。

「わっしゃあステッキのほうがぐあいがええだけど」

キュルツは忘れてきたステッキに、ひどく未練があるらしかった。

「わたしも手榴弾を一ついただくわ」

トリュープナー嬢は決心したように言った。

「バカなことを言うじゃねえ！」

キュルッツはそう言って、

「もしここで棍棒を振りまわすようなことになったら、あなたはサッとテーブルの下へもぐりこんで、両手で耳をふさいどるだ！」

「わたしそんなことしないわ！」

「そうでないとぼくが困りますよ」

シトルーフェは頼むようにそう言って、

「もしもこの決闘であなたが刀傷を受けて、あしたから学生組合員のような顔になったら、ぼくたちは未来のだんなさまから、なんといって怒られるかしれませんよ」

「未来の夫のことなんか、どうか、おかまいにならないで！」

彼女は怒って、そう言うと、

「それよりも、泥棒に気をおつけになって下さい！」

シトルムとアハテルはテーブルのそばに腰をおろして、だれかを捜すように、ホールの中を見まわした。小柄なシトルム氏は親友のキュルッツを見つけると、あいさつをして、ひどく嬉しそうにニコニコした。

肉屋の親方は顔じゅうを火のように赤くした。

「あんなずうずうしい野郎に会ったことがねえですよ」

彼はそう言って、

「このブドウ酒の空瓶で、ガラスの刺さった塀みてえになるまで、野郎の耳をぶん殴ってやるです。もう一人のやつは、子供とかかあがここに保養に来てるなんて、いいかげんなこと言って、わっしを騙《だま》くらかしたです」

「学問ニ終ワリナシ。世の中のことはわからないもんですよ」と、ルーディ・シトルーフェは言った。

彼の言は正しかった。

というのは、次の瞬間にダンスホールの電灯が消えたからである！　最小限度において百五十名の客を収容していたダンスホールが、とつぜんまっ暗になった。階段から、壁龕から、仕切席から、奥まったすみずみまで、すっかり暗くなった。まるで馬鈴薯倉の中にいるようだった。

楽隊は不協和音をもって活動を中止した。ファースト・ヴァイオリンだけがまだ二、三拍子続けていた。それもやめてしまった。ダンス・フロアで踊っている連中と、テーブルの客が、一度にドッと笑った。グラスが倒れた。あっちこっちのすみで愛のささやきがはじまった。耳のいい者はキッスの音を聞くことができた。たいがいの客は、支配人の粋《いき》な思いつきだと思っていた。そのうちにだれかが「助けてえ、助けてえ！」と叫んだ。女の声だった。何だろう？　これも冗談か？　みんなが〈冗談でなかった〉という感じを受けた。はたせるかな、冗談ではなかった。

　こんどは数えきれないほど、たくさんの声がいり乱れて、かん高な叫び声が起こった。テーブルと椅子が、大きな音を立ててひっくり返った。木が割れて飛んだ。給仕たちが馭者のような罵《ば》声を発した。彼らは客が逃げると思って、心配したのだった。鏡が一枚こなみじんに割れた。それともガラスのドアだったのか？　それとも窓だったのか？　なんにも見えないで音だけが聞こえた。泣き声と、わめき声と、ヒステリックな笑い声が、雑然といりまじった。

「明りをつけろ！」と、人びとはどなった。

「明り、明り！」

完全な混乱状態になった。女たちは圧し倒されて、他人《ひと》の服であれ、テーブル掛けであれ、他人の腕であれ、足であれ、何にでもしがみついた。床に倒れたものは乗り越えて、だれもが皆、外に逃げだそうとした。しかしドアはどこにあるかわからなかった。シャンデリヤが割れて飛んだ。ガラスの破片が雨のように降って来た。明りを求める声と、助けを呼ぶ声が、ますますはげしくなって、だんだん気味が悪くなって来た。地獄がはじまった。

悪魔も、哀れな罪人も、何一つ見えない地獄！

それから永遠の時間が過ぎたあとで、やっと明りがついた。

この永遠がどのくらいの時間であったか——五分くらいであったかそれとも十分くらいであったか——言いうる者はいなかったであろう。それを問題にした者もいなかった。みんな呆気《あっけ》に取られて見まわしていた。たとえどんな地震でも、これ以上の狼藉《ろうぜき》は働かなかったにちがいない。

「まるでノアの洪水の跡みたいだわ」と、バーの女給が言った。

彼女はスタンドの上に逃げて、ポンス〔ラム酒などに柑橘汁と砂糖を加えたもの〕入りのショートケーキの上に膝を突き、桜桃入りのケーキを一生懸命握っていた。

被害は甚大だった。客はズタズタに服を引き裂かれて、ジプシーよろしくの姿だった。

ブラウスは裂けて大きな口を明けていた。片袖失《な》くなった上着を着ているかと思うと、ズボン下一枚になったスペインの貴族がいた。ロココ時代の伯爵夫人に扮した老年の婦人が一人、さかさに倒れたテーブルの下敷になっていた。この婦人は頭髪の中に赤ブドウ酒と、泡立てクリームをベットリかぶって、悲しそうな泣き声を挙げていた。だれかにつまずかれた客は床の上にしゃがんで、頭をかかえていた。グラスや瓶から流れたブドウ酒や、リキュールが、ベタベタした水たまりをつくっていた。支配人が気違い眼《まなこ》で破片の上に登って、被害額の見積りをしていた。

女たちは連れの男を捜していた。瘤《こぶ》だらけの愛人たちが恋人を捜していた。給仕は受持の客を捜していた。ファースト・ヴァイオリニストは舞台の前に、意識を失って倒れていた。ヴァイオリンの弓は折れていた。トイトブルクの森に殪《たお》れたヴァールスも、かくやと思われるばかりであった。もっともローマの最高指揮官は弓の上に倒れないで、刀の上に倒れたのであったが。

ヴァイオリンは葉巻の箱を圧しつぶしたようになっていた。サキソフォンを吹いていた男はセロの中にしりもちを突いて、手足をバタバタさせながら、抜け出そうとしてもがいていた。

シャンデリヤが一個、壁に取り付けた多数の電灯、窓が一枚、ガラスのドアが一枚と、大きな鏡が一枚粉砕されていた。どこを歩いてもガラスがペキペキ音を立てた。

支配人はロココの伯爵夫人が下敷になっているテーブルをのけて、夫人を助け起こして洗面所へ連れて行こうとした。そのはずみに彼は足を滑らして、シェリーブランデーの池にひっくり返った。

表の廊下では、スイッチ・ボックスの前の床に、携帯品預り所の女が、自分のはいていた手編の靴下を口の中に頬張って、すわっていた。

ベルリンの肉屋の親方キュルツは、この破壊と混乱をしり目に、大きな拳固《げんこ》で椅子の脚を一本握って、復讐《ふくしゅう》の神のように、彼の席に仁王立ちになっていた。

「病院へ行きてえやつは出て来い！」

キュルツはそう叫んで、狂暴にあたりを見まわした。

「無料《ただ》で行かしてやるぞ！」

出て来る者は一人もいなかった。

足もとには一人の男が倒れていた。キュルツは暗闇で、この男をおとなしくさせるために、抵抗力を失って倒れるまで、ネクタイを締めあげたのであった。ところで、これはギュストロフの運送屋の主人で、全然無関係の客だった。

それから仕切席の、赤いフラシテン張りの手摺にもう一人、ホールの給仕がさかさまになってぶら下がっていた。この男は空瓶が命中して、軽度の負傷をしていた。彼はちょうど正気に返ったところだった。テーブルはまだ四本脚で立っていた。しかし砂糖壺は角砂糖ごと、灰皿も灰ごと、それから薔薇の花束も花瓶ごと、そっくりギュストロフの運送屋の紺の背広の上に載っていた。

「はにかむこたあねえぞ！」

肉屋の親方はそう叫ぶと、椅子の脚を白髪《しらが》頭の上でトルコ刀のように振りまわした。

「押し合わねえで、一人ずつ来い！」

トリュープナー嬢は気が触れたようになって、彼女の席にしゃがんでいた。あだっぽい帽子が斜めにずり落ちていた。彼女はまるで雷にでも打たれたように茫然として、両眼をいっぱいに開いて、書類鞄をギュッと胸に抱きしめていた。

パパ・キュルツは見まわして、勝ち誇ったように、トリュープナー嬢にうなずいて見せた。

「やつらは退散しちゃったです」

「だれが？」と、彼女は訊いた。

「泥棒が」

傲然《ごうぜん》とキュルツは言った。

「この二人以外は。こいつらは、わっしがやっつけたです」

「だって一人は給仕だわ！」と、彼女は言った。

キュルツは、手摺にぶら下がっている男を見た。

「こいつぁ気の毒なことをしちまった」

もう一人の、床に倒れていた男がネクタイをゆるめて、咳をしながら、しゃがれ声で、

「わっしゃあ運送屋です。なんだってあんたはわっしの首を締めたんだ？」

「あんたも泥棒じゃねえのか？」

キュルツはびっくりして訊いた。

「泥棒？　あんたは気が狂ったんじゃないですか？」

「そりゃあどうもすまんことしましたなあ」

肉屋の親方はどもりながら、そう言って頭を下げた。

「ごめんなせえ！　わっしゃあキュルツでごわす！」

「エーマーでござんす！　初めまして！」

男はやっと起き上がって、いまいましそうに洋服の角砂糖と薔薇を眺めた。それから男は立ち上がって、びっこを引いて行ってしまった。薔薇は男が持って行った。

「ね、やっぱりわっしの言ったとおりだ」

キュルツはそう言って、

「泥棒は行っちまっただ！」

イレーネ・トリュープナーはわらった。とつぜん彼女は腕を胸から離して、書類鞄を見つめた。チャックがあいていた。彼女は中をのぞいて、頭をあげると、まっ蒼《さお》になってささやいた。

「密画がないわ！」

オスカル・キュルツは椅子の脚を手から落とした。それといっしょに自分も椅子に腰を落とした。それから彼はまた飛び上がって、あたりを見まわして、

「あの若えのもいなくなっただ！」と、言った。

「だれが？」と、彼女は訊いた。

「ルーディ・シトルーフェも！」

「あのかたも？」

イレーネ・トリュープナーは頭を振って、茫然と目の前を見つめた。

管区内から警部補が二人到着すると、彼らはたちまち、衣類に損害をこうむった浴客たちの包囲に会った。浴客たちは口々に損害賠償を要求した。

「われわれは関係ないです」

警官はこう言って、

「この家の主人にそう言って下さい」

客はわれがちにバーへ押しよせた。びっこを引く者、駆けつける者。支配人はスタンドの後に立って、たて続けにブランデーをあおっていた。彼は気が転倒して、無事に残った一瓶をまたたくまに空《から》にしてしまった。二人の警部補は破片の海を渡って、電話ですでに体験談を聴いていた預り所の老婆のところへ行った。

老婆は廊下の外に腰をかけて、震える手で手編の靴下を持っていた。

「小母《おば》さんはその連中を見たんかね？」

一人の警部補がそう言って訊いた。

「ええ、見ましたとも」

老婆は夢中でそう言って、

「相手は二人でしたよ。裏口からはいって来てね、スイッチの箱をあけるんですよ。わたしゃ何をなさるんですね、って訊いたんです。けれどなんにも返事をしないんですよ。わたしゃ調理場へ走ってって、だれか呼んで来ようと思ったんですよ。すると一人がわたしをつかまえて、もう一人がわたしの靴下を脱がしたんです。わたしゃびっくらしちゃって、ポカンと口をあけてたんです。すると、いきなりその靴下を、わたしの口の中へつっこんでね、それからわたしを椅子に腰かけさせて、クルクルッとまわされたんで、そいつらが何をしたか、まるっきり見えやしません。それからすぐあとでまっ暗になっちゃったんです」

「それで、明りがついたときはどうだったんだね」

「そのときは二人とも、もちろんいやしません」

老婆はそう言って、

「わたしゃそこにすわってました。首が、痛くって、痛くって！」

「ほかになんにも知らないかね？」

「それだけです。唾を飲むと痛くって！」

「なるべく唾を飲まないようにするんだよ、小母《おば》さん」

一人の警部補がそう言って叫んだ。

もう一人の警部補は、

「パウル、きみにはわかるかい？　おれにはわからん！」と、言った。

「おれにもわからないね」

パウルはそう答えて、

「男が二人来て、明りを消して、帰ってった！　そのあと、うちの中がまるで古道具屋の店先みたいになってる！」

「ことによると、同業者のしわざかもしれませんよ」と、預り所の老婆が言った。

警部補たちは歯をむいて冷笑した。ふたりは何一つ知っているわけではなかった。しかし老婆よりは知っていた。

このときドアに魁偉《かいい》な老人が現われた。彼はひどく気分の悪そうな、絵のような美人を連れていた。老人は言った。

「ぜひお話しせんならんことがあるです。失礼、わっしゃあキュルツちゅう者でごわす」

「弁償の話ならここの主人に言って下さい」と、一人の警部補が答えた。

キュルツはにがにがしそうに笑った。

「ここの主人に、六十万クローネの金がありせえすりゃ、話してみてもええですが！」

「六十万クローネとはなんですか？」

パウルと呼びかけられたほうの警官が訊いた。

「何か盗《と》られたんですか？」

「あんたがたも暢気《のんき》ですな！」

キュルツはそう言って、

「冗談に電気が消えたと思っとるですか？　このかたの密画が盗まれたです。あれはだれのだったですかな？」

「ホールバイン！」と、美人が言った。

「それは姓ですな？　名前は？」と、一人の警部補が訊いた。

「ハンス！」と、イレーネ・トリュープナーは言った。

「あ、そうですか！」

もう一人の警部補はそう言って、

「すくなくとも何か役にたちます！　ハンス・ホールバインっていう名前ですな？」

「あんたはいったい、だれのことを言っとるですか？」と、キュルツは訊いた。

「だれって、泥棒のことです、ハンス・ホールバインっていう！」

「冗談じゃねえ！」と、キュルツは叫んだ。「ホールバインは画家ですぜ、あんた！」

キュルツは胸を反《そ》らせた。知識は力である。

「泥棒は全然別な名前です。泥棒は――ざっと二、三十人の集団で――コペンハーゲンからわっしらのあとをつけて来たです。連絡船で密画の模写を、わっしからかっぱらいやがったです。こいつはトリュープナーさんの思いつきだったんですがね。ところが、たった先刻、そいつをわっしに返しに来たです。知らねえうちに、テーブルの上に載っけてったです。手紙といっしょに。それからくらくなったです。あかりがついたら、トリュープナーさんの鞄にはいっていた、本物の密画が失くなっとったです！　密画が失くなって、泥棒もいなくなっとったです。それからわっしらの友だちもいっしょにいなくなっとったです。おおかたやつらが連れてったんだろうと思うです。残念でならねえです。とても善い青年でしたがな。ベルリンの男で、ルーディ・シトルーフェちゅう名前です」

　トリュープナー嬢は言った。

「あのかたの身の上に、何か起こらなきゃいいと思ってますの！」

　彼女はしばらく黙っていた。それから急に立ち上がった。

「すぐブラッセルに電話をかけなきゃなりませんわ。主人はブラッセルにいるんですの。盗まれたことを報告しなきゃなりませんわ」

　二人の警部補はずっとだまっていた。

「あんまり長ったらしく話さねえほうがいいですよ」と、キュルツは言った。

「順序よく話さねえと！」

「警察までおいで願いましょうか？」

　一人の警部補はそう言って、

「やつらは、まだそう遠くへは行っておらんでしょう。周囲の警察へ通知しなきゃならんです。それからローシトックの警視庁へも知らせなきゃならんです」

もう一人の警部補はドアをあけた。

「じゃ、おいで願いましょうか！」

「ちょっと待って下さい！」と、オスカル・キュルッツは言った。「念のためにお話ししなきゃならんですが、わっしゃあ給仕と、エーマーちゅう運送屋さんを、暗闇でひでえ目に会わせちまったです、てっきり泥棒だと思ったもんで」

キュルッツは悄然としていた。

「どうもわっしのやることたあ、何から何まであべこべで！」

「今の場合、そんなことは重要じゃないです」と、一人の警部補は言った。

「じゃあおいで願いましょうか？」と、一人がドアのところで繰りかえした。

そのときホールから一人の給仕がびっこを引いてやってきた。

「ああ、そうだ」

キュルッツは唸るようにそう言って、

「まだ金が払ってねえだ」

イレーネ・トリュープナーはハンドバッグから札を出して給仕にわたした。

「ちょうどありますでしょう？」と、彼女は言った。

給仕はていねいにお辞儀をした。

「そのために参ったんじゃございませんのでして」と給仕は言訳をした。「テーブルに何かお忘れになりましたので」

給仕は小さな包と、手紙を、手に持っていた。

キュルツはあわてて手を出した。

「ニセ物の密画です！」

彼はそう言って、

「それからこれは、泥棒が文句をいって来た手紙です。こいつぁもろうとかんならん！」

キュルツは包と手紙をポケットに入れた。

「こんどは頭まで忘れるとこだった！」

それからキュルツは、二人の警部補のほうをむいて「動脈硬化のせいでしてな！」と、説明した。

イレーネ・トリュープナーはささやいた。

「パパ・キュルツ、お願いですわ、早くいらして！　急がなきゃなりませんわ！」

## 12 リープリヒおやじのグロック酒場

六台のタクシーがふたたび夜の街道を驀進《ばくしん》していた。彼らはまたローシトックへ引き返すところだった。

殿《しんがり》の車には白鬚の紳士が乗っていた。彼は黒めがねをはずしていた。長くつづくと、めがねの黒い玉が視覚の邪魔をした。完全に健康な目の持ち主にとっては、なおさらのことだった。

ホルン教授は、座席のうしろの小さな窓を、懸命にのぞいていた。正確にいうと、彼は窓をのぞいていたのではなくて、窓をくり抜いてできたあとの孔をのぞいていたのである。飛び道具を手に持って、警官を乗せたオートバイが、いまにも追っかけてくるのを待ち構えている人間にとっては、銃眼こそ必要であれ、その前にある窓ガラスなどは全然必要がなかったからである。

ホルン教授は気に食わぬ車が来たら、タイヤをぶち抜くつもりだった。急ぐ相手を早く近寄らせないためには、これは、比較的人道的であって、しかも非常に効果的な方法だった。

六台のタクシーの先頭にはシトルム、アハテル、カルステンの面々と、もう一人、ヴァルネミュンデへ来るときに乗っていた、レスラーのような男が腰をかけていた。この男は、来るときと少し様子が変わっていた。良く変わったのならいいが——低い額に五つ六つ瘤をつくっていた。それから鼻が斜めになって、腫れ上がっていた。知らない者が見たら、打禾機〔打穀機〕の中へでもはまりこんだと思うかもしれない。

「おめえはあした、どうしても新しい帽子を買うんだな」

小柄なシトルム氏はこう言って、

「おめえの頭はすくなくとも二番ぐれえ大きくなったぜ」

「ふざけてやがら、暗闇で商売しようってのが、第一まちげえだ！」

いびつになったレスラーは不平らしくつぶやいて、

「仕返ししようにも、どの野郎がやりやがったか、まるっきりわからねえ」

「くだらねえことを、そういつまでも気にすんなよ、まあ」

フィリップ・アハテル氏はこう言って、

「おりゃあ、かえって暗闇で儲け物をした」

「どうして？」

「おれの首っ玉へ急に、女がぶら下がりやがって、骨ごと二百ポンドあったろうな。助けてえって、一生懸命、抱きついて離れねえんだ。助けてもらおうと思やがって。相手もあろうに、このおれにさ！　さいわい、もうじきリープリヒのおやじんとこだ。おりゃあ、グロックを一杯飲むよ」

レスラーは好奇心が起こった。

「おめえ、いったい、暗闇で女だっていうことがどうしてわかった？」

「名前をそういったからさ」

アハテルは皮肉に説明した。

トリュープナー嬢と、肉屋の親方キュルツ氏は、ヴァルネミュンデの警察で身分を調べられた。ふたりは旅券《パスポート》を見せて、ダンスホールから、あとかたもなく消えた青年の名前を言った。トリュープナー嬢は、青年がシャルロッテンブルクのホルツェンドルフ街に住んでいることを言い添えた。

「おそらく一味がシトルーフェ氏をさらったんでしょうな」

署長はそう言って、

「青年は抵抗したんでしょうな。泥棒を引き止めようと思って、あとから追っかけたんですな。それでさらわれたんでしょう」

「とんだことになったもんです！」

　キュルツは叫んで、

「かわいそうに！　どこでどうされてるかわからんだでな。身寄りがなけりゃええが」

　イレーネ・トリュープナーはふさぎこんで、一生懸命、手袋で紐を縒《ょ》ろうとしていた。手袋はもう少しで紐になりそうだった。ところがあいにく、途中で妨げられた。ブラッセルが出たのであった。トリュープナー嬢は隣の部屋の電話へ急いだ。〈だんなさまはびっくりなさるわ〉彼女はそう思った。〈お暇が出るんだったら、ついでに一月一日からになるといいんだけど〉

　その間にオスカル・キュルツ氏は、シトルム氏のこと、自分の乗った三等の車室の客のことを、くわしく報告した。それから同室の連中が犯罪者だということを、おとぎ話にかこつけて、注意してくれたのがルーディ・シトルーフェだったという話をした。

　キュルツは、コペンハーゲンで出会ったいろいろの不思議な事件、〈四つ葉の馬蹄〉のことや、パンジオン・クルチウスのことや、黒めがねをかけた白鬚の紳士のことを報告したあとで、オテル・ダングルテールと、ブレッドガーデの骨董店の前で、シトルムに出会った話を思い出して、つけ加えた。それから最後にシトルムや、アハテルや、ホルンたちの人相を、できるだけ目に見るように描写しようとして、一生懸命しゃべった。オスカル・キュルツのような男でなかったら、確かにこれは成功しなかったであろう。署長は話の途中でときどき簡単な質問をした。一人の警官が証人キュルツの陳述を記録した。

証人の陳述が終わると、署長は立ち上がった。

「さっそくこの調書をローシトックへまわします」

署長はそう言って、

「ローシトックで必要な処置を講じるでしょう。とりあえずわたしは、ここの税関と、駅の警察へ通知しときます。うっかりするとコペンハーゲンへ引き返すかもしれないですから、失礼！」

「どうぞ、どうぞ！」

証人はこう言って、

「お腕前を拝見してえもんですな！　なんのためにあんなにわっしらが税金を払っとるか、一ぺん拝見させていただきてえもんです」

ドアのそばで署長はトリュープナー嬢に出会った。彼女は言った。

「シタインヘーフェルさんは、密画《ミニエチュア》の発見者に一万マークの賞金をお懸《か》けになるそうです。そしてあしたの午後ベルリンへお着きになるそうです」

署長は興奮した。

「一万マークの賞金ですって？　さあ、えらいことになったぞ！　あしたから、暇で金のない連中はみんな警察へ駆けこんで来て、重要な情報が山のように集まりますよ！」

署長はいまいましそうにこう言って、出て行った。

「どうでした？」

キュルツはこう言って、

「さっそく首になったですか？」

「いいえ、でもあの密画はどうしても取り返したい、っておっしゃるんです！　お金には替えられないんですって。あの密画には五十万マークの保険がつけてあるんですの」

「世はさまざまですなあ！」

キュルツは大きな声でこう言った。

「わっしがあんたのご主人なら、ホールバインをかっぱらわれたら、親指を噛んで喜ぶですがな、そうして五十万マークの保険を受け取るですがな！　わっしだったらあの密画をどうか返さねえでくれって、泥棒に手紙を書くですよ！」

「主人は美術品が好きなんですわ。お金は好きじゃないんですの」

「そういうのは病的ですな」

キュルツはきめこむように、こう言って、

「まったく病的です。それ以上ひどくならにゃええですがな」

十五分ほどたってから、署長は二人の証人をホテル・ベリンガーに送り帰した。署長は、明朝六時に自動車で迎えに来て、いっしょにローシトックへ行くから用意していてほしいと言った。警視庁で二、三聴取したいことがあるからとのことだった。

それから署長は帰って行った。

キュルツはイレーネ・トリュープナーとホテルの階段を上った。

「さあ、これでわっしら安心して眠れるですよ」と、キュルツは言った。

「失くなっちゃえばさっぱりするです」

キュルツは手を差し出して、

「おやすみ！　あしたの朝は警視庁、わっしゃあ生まれて初めてです。夢を見なけりゃええですが」

「おやすみなさい、キュルツさん」

彼女はもの憂《う》そうにそう言った。

「ぐっすりおやすみになってね！」

彼女は部屋のドアを開けた。

「待って下さい」

キュルツは呼びとめて、上着のポケットへ手を入れた。

「ニセ物の密画をお返ししとかんならん」

そう言って包を差し出した。

「よろしいですわ」

彼女はそう言って、

「本物が失くなればニセ物には用がないわ。どっちみちたいした値うちのもんじゃないわ。よかったらデンマークの冒険の思い出に、お持ちになりません？　主人はきっとなんにも言いませんわ。模写を集めてるんじゃないんですから」

「さいですか、それじゃ」

キュルツはそう言って、

「ありがとうごわす。それじゃ、表の部屋のソファの上へでもかけますかな。あそこにゃあ、まだそれくれえの場所があったで」

キュルツはあくびをして彼女にうなずいた。

「きょうはえらい日だったですな！　まったく！　今ごろルーディはどこにいっとるでし

ようかな? あのひとがいねえで、わっしゃあなんだか寂しい気がするです」
「おやすみ。パパ・キュルツ」
彼女はささやいて、すばやく彼女の部屋にはいった。

泥棒を捕える網は、今日では針金で編まれていて、電話網と呼ばれている。高い柱で全国に張りめぐらされた電話線が、ビンビン唸った。ホールバインの密画の盗難と、多額の賞金の報道が、四方八方に疾風のごとく広がった。新聞社では輪転機が止められた。夜勤の主筆たちは二段抜きの見出しをつくって、ニュースをはめこんだ。

リープリヒのグロック酒場は急傾斜で港にくだっている、あのローシトックのいくつかの街路の一つにあった。

なさけないことには、刑法典を廃止することができないために素行のおさまらない人間が、どこにでもいるものである。したがってまたどこの都市にも、職業上の経験を交換しながら、アルコールの享楽にふけるために、無頼の徒が落ち合う飲み屋があるものである。

ホルン教授は、ひとまずリープリヒのおやじのところへ着くと、ドアに札のついている奥の部屋にすぐ通された。ドアの札には組合専用室と書いてあった。

リープリヒのおやじは白鬚の客を知っていると見え、これはとばかり目を輝かして、平身低頭しないばかりの敬意を示した。

「向こうへ行ってくれ！」

ホルン教授は命ずるように言って、

「子分のやつらがすぐ来るから、邪魔しねえようにしてくれ」

リープリヒのおやじはうやうやしく引き下がった。

教授は腰をおろした。

小人数のグループで、徐々に組合員が現われた。彼らは部屋の中にばら撒かれたテーブルに席をとった。サービスは、リープリヒのおやじがみずからした。彼らはタバコを吸って、酒を飲んだ。

「全員そろってます」

とつぜん小柄なシトルム氏が言った。

「いねえのは、親分がヴァルネミュンデに置いて来た二人だけです」

「よし」

ホルン教授はおやじに目くばせをした。おやじはあたふたと部屋を出た。

親分は部屋を見まわした。

「サツはもう知ってると思う。おれたちゃあ、ぐずぐずしちゃいられねえ。おれは急いでホテル・ブリュッヘルへ行って、金を払って、スーツケースを取ってくる。おれはハンブルクへ発つことにしておく。それからここへ引き返して、鬚を取る。てめえらはできるだけ早くふけろ。シトルムとアハテル、てめえらは二人で指図してくれ。分かれて行けよ、忘れるな！ 火曜日にゃあ、みんなベルリンへ来るんだ！ おれはイギリスの旅行者になって、北ドイツのまちを旅行するつもりだ。これはホールバインのためにどうしても必要だろう」

子分たちはニヤニヤわらった。

「場合によったら急に方向を変えるかもしれねえ」

親分はこう言って、

「あるいは南からベルリンへはいる必要が起こるかもしれねえ。まあ、どうなるか、やってみよう。どっちにしても火曜日にゃベルリンで会うんだ。それまでは銭は充分だろう」

「どうだかわからねえですぜ」と、シトルムが言った。

「てめえはわからねえでも、おりゃあわかってる」と、ホルン教授は言った。

「だれかまだ訊きてえことがあるか？」

子分たちは黙っていた。

「よし」

親分はそう言って、

「それじゃ包を渡して、てめえら出かけろ！」

彼は立ち上がったままで待っていた。

みんなはじっとしていた。

「さあ！　早く密画を出さねえか？」

男たちは黙然として顔を見合わせた。めいめいが、だれかがポケットから包を出すと思っていた。待っていてもきりがなかった。ホルン教授は足踏みをした。

「密画はだれが持ってる？」

「おりゃあ持っちゃいねえぜ」

フィリップ・アハテルはこう言って、

「おりゃあクロッパーが持ってるんだと思った。明りが消えたとき、いちばんテーブルに近えところにいたから」

「おりゃあ持っちゃいねえよ」

クロッパーと呼ばれた男はそう言って、

「明りが消えたときに、女が亭主と間違えやがって、おれに抱きついて、〈アルトゥール〉

って呼んで離さねえんだ、やっとハンドバッグへ来たら、空になってるんだ、そいでおりゃあ、ピーチュが持ってったことと思ってたんだ」

ピーチュというのは、レスラーに似ている男だった。ピーチュはいびつになった頭を振って、

「おれも持っちゃいねえよ。おりゃあハンドバッグに手を延ばすと、まだつかまねえうちに、だれかしらねえけど、堅いもんで続けざまに頭をぶん殴りゃがったんだ。四つ目ぐれえでおりゃひっくら返っちゃったんだ。おりゃあ、ケルンが持ってると思ったんだ」

「いや、おれも持っちゃいねえよ」と、ケルンが言った。

「ふざけるな！」と、親分はどなった。

「十二人が中へはいって、十人が表に立ってたんだ。水も漏らさねえ準備がしてあったんだ。だれも密画を知らねえたあ言わせねえぞ！　持ってるなあだれだ？」

男たちは沈黙をつづけた。沈黙はだんだん無気味になってきた。

「持ってるなあだれだ？」

親分は繰り返した。彼はシトルムとアハテルに目くばせをした。

「調べろ！」

シトルムとアハテルが組合員のポケットを全部ひっくり返している間に、ホルン教授は

自分のピストルを調べていた。専門家的な精確さだった。それから彼は瞑想《めいそう》にでもふけるように、ひとりでうなずいた。診断の結果は満足であったらしかった。彼は顔を上げた。

シトルム氏とアハテル氏は身体検査を終わった。ふたりは呆然と親分のほうを見て、肩をすくめた。

「なんにもめっからねえです」

小柄なシトルムが言った。そのあとから、フィリップ・アハテルが証明するように、

「なんにもねえです」

アハテルの顔は、鼻以外は、ひどく蒼ざめていた。

「密画は確かにハンドバッグからヒキアゲた野郎がいる！」

シトルムはそう言って、

「しかしおれたちじゃねえんだ」

「サツはおれたちを追いまわしゃがるだろう」

アハテル氏はそう言って、

「ところがあいにくとおれたちゃ覚えがねえんだ！」

ホルン教授は上着のボタンを握っていた。それとも心臓でも痛むのか？　やっとのことで彼は言った。

「おれはホテル・ブリュッヘルへ行って、ヴァルネミュンデに電話をかける」

「わっしらは？」と、シトルムが訊いた。

「みんなここにいろ！」

親分は唸るようにそう言って、

「カルステンだけついて来い！」

ドアがドカンと締まった。

カルステンはあわてて親分のあとを追った。

## 13　警部は一つの理論《セオリー》を持っている

ホルン教授はホテルの部屋の中を、虎のように歩きまわっていた。

カルステンは浴室から化粧道具を持って来て、スーツケースに納めた。

「まあ、いいかげんでご安心なせえましよ、親分！」

カルステンはこう言って、

「もう百万は、ふところにはいってるんだから。ロイポルトはきのうからオランダです。

ヴァン・トンデルンは絵を引き取ったです。手がかりは失くしてあります」

「ホールバインがどうして失くなったか、突きとめなきゃ気がすまねえ！　どうしてもおりゃあ突きとめるんだ！」

「ことによると失くなったんじゃねえかもしれませんぜ」

　カルステンはそう言って、

「初めからハンドバッグに入れてなかったとしたら？」

「ふざけちゃいけねえ！　むろん、鞄の中に入れてたんだ！　フローアへ踊りに行ったとき、鞄をかかえてった。ああいう娘はよっぽどの理由がなくって、あんな鞄をフローアへ持ってくもんじゃねえ！　そのうえテーブルにゃあ肉屋の土佐犬が残ってたんだ！　絶対にありえない！」

　カルステンはスーツケースに鍵をかけた。

「こちらはそれじゃあ、わっしらが行ったとき鞄がからっぽだったって事実を、親分はどう説明なさいますかね？」

「その説明ができりゃ、こんなに腹はたたねえよ！」

　電話が鳴った。教授は受話器をはずした。

「こちらはホルン教授！——ハハア！　まだ、てめえたちゃあ生きてたのか？　海の中で月夜の散歩でもしてるかと思った！」

彼はしばらくだまって報告を聴いていた。その顔が急に不自然に長くなった。彼は急《せ》きこんで、しゃがれ声で訊いた。

「てめえは確かに知ってるのか？」

彼はまた聴いていた。

やがて彼は言った。

「てめえは大急ぎでローシトックへ来るんだ。そうして当分グロック酒場にいろ。電話のそばを離れるな！　わかったか！　ライクゼンリンクは娘のそばを一歩も離れちゃならねえ、いいか？　そうだ！　たとえ中国までもあとをつけるんだ！」

彼は受話器をかけた。

それから彼はリープリヒおやじのグロック酒場に電話をかけて、シトルム氏を呼び出した。

「よく聴けよ！」

シトルムが出ると、彼はそう言って、

「おやじに信用のできるガレッジを訊くんだ！　すぐに自動車を二、三台借りろ！　五分以内に大学へ行くんだ。なに、行かれねえ？　それじゃあ四分で行け！　なぜ自動車がねえんだ？　ああ、そうか――そんな芸当がてめえにできりゃ、それでもいい。うん、うん。しょうがねえ！」

彼は受話器をかけると、頭を振りながら、カルステンを見て叫んだ。

「バカにしてやがる！」

「どうしたんですか？」

「若造がいなくなった！」

「若造って、どの若造が？」

「シタインヘーフェルの秘書と、キュルツについていた野郎がさ！」

「もうヴァルネミュンデにいねえんですか？」

「いねえ」

「それじゃあ、野郎がホールバインをかっぱらいやがったんだ！」

「それに気がつきゃ、てめえも感心だ！」

教授は引っこ抜くように鬚をしごいた。

「おれの仕事にちょっかいを出すとは！　覚えてやがれ、若造！」

「野郎はわっしらより頭がよかったんでさあ」

見きわめるように、カルステンが言った。

「頭が？　そうじゃねえ、男っぷりがよかったんだ。てめえらとは比べもんにならなかった！　いってえ、あの色気づいたおぼこ娘のところへ、だれをやりゃよかったってんだ？　アハテルか？　それともシトルムか？　あの耳のずり上がったおっさんか？　てめえらのだれに娘が惚れると思ってるんだ？」

「見当がつかねえです」

　カルステンはそう言って、

「若造は今どこにいやがるんです？」

　親分はシガレットに火をつけて、考えながら煙をふかした。

「ベルリンへ行く途中だと思うね！　野郎のいなくなったことは、シタインヘーフェルの秘書がサツへ知らせてる。野郎はむろん、そのことを承知してる。コペンハーゲンへは帰れねえ。ほかの国境はみんな通知が行ってる」

「全然わっしらと同じでさ」

「おれたちはすぐに出かけなきゃならねえ。かならずどっかで野郎は捜し出す。ベルリンへ行くまでの途中を、虫めがねで捜しても、おりゃあふんづかまえるよ！」

「わっしは考えがあるんですがね」と、カルステンが言った。

「どういう？」

「野郎を逃がすんです」

「ホールバインは？」

「それもいっしょに！」

「てめえは酒でもくらってるのか？」

「いいえ」

カルステンはそう言って、

「ホールバインはサツがめっけるんです。それから犯人も！　わざわざ鼠捕器《ねずみとり》に指をつっこむこたあねえやね、親分！」

「そんなこたあ、全然問題じゃねえ！」

ホルン教授はそう叫んで、

「素人《しろうと》に踏みつけにされて、黙っていられるか！　ますますいい面《つら》の皮だ！」

「ことによると素人じゃねえかもしれませんぜ！」

「そんなこたあどうでもいい！　たとえ相手がカリオストロだろうと――おりゃあホールバインがほしいんだ。初手にゃあ、ニセ物をかっぱらわせやがって！　その次にゃあ、青二才が鼻先で本物をかすめやがる！　おりゃあ、もう我慢がならねえ！　たくさんだ！」

「親分がそう言うんなら、しかたがねえ」

「あと五、六分で、おれたちはローシトックを引きあげるんだ。じきにおもても明るくなるだろう。ノイシトレリッツからベルリンに電話をかけて合図をするんだ。グラウマンが子分を連れて来れば、両方からはさみ打ちだ。美少年を踏みつぶしちまうんだ！　密画《ミニエチュア》だけは疵物《きずもの》にしちゃならねえ。てめえは若造の面や身なりを覚えてるだろう？」

「だいたい覚えています」

「書き上げろ！　グラウマンと子分たちが人違いしねえように」

　ドアを叩く音がした。

　ふたりはビクッとした。素姓の怪しい紳士たちにとっては、あけがたの来客はたいがいろくなものではなかった。ホルン教授はピストルのはいっているポケットへ手を入れて、
「だれだ？」と、叫んだ。

「女中でございます」

　その廊下で返事があった。

「用はない！」と、親分は叫んだ。

「先生に何かおわたししてくれって、おことづけで」と女の声が説明した。

　カルステンは閂《かんぬき》をはずしてドアをあけると、一通の手紙を受け取って、またドアを締めた。カルステンはその手紙を教授にわたした。

教授は封筒を破いて、手紙の文句を読んだ。顔つきが、だんだん不機嫌になった。しまいに手紙を絨毯《じゅうたん》の上に投げつけると、両手で頭をかかえた。

「こりゃあんまりだ！」

教授は低い声でこう言った。

「痙攣《けいれん》が起こるよ、おりゃあ！　畜生、おれって人間を知らねえんだな！」

カルステンは手紙を拾って読んだ。文字は活字体で次のような文句だった。

「貴殿ハ手紙ガオ好キダ。小生モキライデハナイ。ソレニ貴殿ニマダ前ノ返事ガ借リニナッテイル。貴殿ノ好意アルゴ忠告ニソムキ小生ハ危険ヲ冒シタ。今ノトコロマダ命ニ別状ノナイコトヲオ知ラセスル。

ダンスホールノ不意打チハナカナカアザヤカナオ手並ダッタ。小生モアノ昔ノ巨匠ニ垂涎《すいぜん》万丈デアッタコトハサスガノ貴殿モゴ存ジナカッタ。

正直ノハナシ、小生ハコウキシンヲソソラレル。ダレガイチバン早イカ。貴殿カ。警察カ。ソレトモ小生カ。ベルリンデマタオ目ニカカル。ホールバインノセガレヨリ」

しばらくしてカルステンは言った。

「なんという心臓の野郎だ!」

それからだまりこんでしまった。

「こいつをてめえは逃がせっていうのか?」

ホルン教授はこう言って怒った。

「てめえは正気じゃねえだろう? おれたちはひと月くらい仲間じゅうの笑い物になるんだ!」

彼はベルを押して女中を呼んだ。

頬の赤い、まるまるとした女中が来た。

ホルン教授は女中の前に進んだ。

「だれがこの手紙を持って来た? 使いか?」

「いいえ」

彼女はそう言って、

「良い家の若さまみたいな様子のかたでした。初め門番のとこへいらして、教授のお部屋はどの部屋だってお訊きになりましたんですよ」

「おれの名前を知ってたのか?」

「いいえ、でも、こんなふうなかただっておっしゃいましてね。門番がお通ししましたんですよ。あの手紙をわたしにおわたしになりましたんです。それから五マークと。手紙はおわたしして、お金はわたしに取っとけ、っておっしゃいましてね——それからあのかた、また下へお降りになって、門番と話していらっしゃいました。ここからベルリンへ行くまでは道は良いかどうかって、しきりと道のことを訊いていらっしゃいました」

「どんなふうな男だった？」と、カルステンは訊いた。

「髪は黒《ブリュネット》」

女中はそういって説明した。

「目は灰色、痩せがた、髭はなくって、身長一メートル八十五センチ、カラーは四十」

二人の男は唖然として娘を眺めた。

彼女は笑った。

「あのかたが教えて下すったんですよ。そうして、よく覚えておけっておっしゃったんです。きっとお客さんがお訊きになるからって。わたし、おかしくなっちゃったんですよ。とても愉快なかた。そしてきれいなかた。絵のような美男子でしたわ！」

彼女はドアのほうへ歩いて行った。

「でも、これはご自分でおっしゃったんじゃございませんですよ」

彼女は膝を折って、お辞儀をして、帰ろうとした。

「おい待て！　その男はタクシーで出かけたのか？」

「いいえ」

彼女はそう言って、

「自家用をお持ちになっておいででした。たぶんまだお出かけにならないと思いますわ。一分ほど前までまだ、ホテルの前で、自動車の中に腰をおかけになって、玉子入りのブイヨンを召し上がっておいでになりました」

彼女は膝をヒョコンと折って帰って行った。

二、三時間たったころ、イレーネ・トリュープナーと肉屋の親方キュルッツは、ローシトックで、クタクタにくたびれて髭も剃らないでいる一人の警部と、向かい合って話をしていた。警部の前にはコーヒー茶碗が一つ置いてあった。コーヒーからは湯気が立ち昇っていた。警部はコーヒーを一口飲んで言った。

「あなたがたにお許しを願わなくちゃならないんです。こんなむさくるしいかっこうをしていまして。ほとんど一時間も寝ていないんです。おまけにこのソファですからね！　その前も、あとも、ずっとあなたがたの泥棒の件で忙しくって。ヘンリー八世夫人の泥棒を、取り逃がしちゃならんと思いましてね、いろいろ手配をしたもんで。恐ろしい世の中じゃないですか？　愛好家にかかっては絵に描かれた女さえ、安心していられないんですからね！」

警部はこう言って笑ったあとですぐに、胸の張り裂けるようなあくびをした。それからすこしバツが悪そうに、肩をすくめて、またコーヒーを飲んだ。

「プロースト！」

キュルツ氏はこう言って、

「何かニュースがごわすか、警部さん？」と、訊いた。

「まだありません」

警部はそう言って、

「しかし短時間の間に、できるだけのことはやりました。網はぐんぐん縮まっています。魚群はもうドアの前に来てるようなもんです」

「長靴の古いのが、へえって来るんでなきゃええですけどな！」と、キュルツ氏が言った。

「いや大丈夫です。もうベルリンの警察へ電話をかけて、ホルツェンドルフ街のルードルフ・シトルーフェ氏を逮捕するように、依頼してあるんです」

イレーネ・トリュープナーは急にうなだれて、震える指先でコスチュームのスカートの皺を伸ばした。

オスカル・キュルツははるかに気が長かった。

「失礼ですが！」

キュルツは唸るようにこう言って、

「こりゃまた驚きましたな。すれっからしのごろつきの一味が、価格五十万マークの密画《ミニエチュア》をかっぱらうです。勇敢な青年が邪魔だてするので、泥棒の一味がかっさらって、連れてっちまう。ねえ。こりゃああり得るこってす。ところが、警察が泥棒をふんづかまえる代わりに、青年を逮捕するってなあ、聞いたことがねえですな！　わっしゃあ、あけすけに申しますがね、こいつぁ前代《ぜんだい》未聞《みもん》ですぜ！」

警部は手をあげて、

「まあ、まあ、キュルツさん、そう興奮なすっちゃいけません！　わたしは一つの理論《セオリー》を持ってるんです。わたしの理論が正しいかどうか、今にわかります」

「理論ちゅうのはなんのこってす？」

キュルツはトリュープナー嬢のほうをむいて訊いた。

彼女は答えた。

「何かしなければならないことがあって、それが非常にむずかしい場合がありますわ、その場合に、一時的にその困難を失くすプランを立てることよ」

「それが理論ちゅうもんですか？」

「そうよ！」

「ハハア、なあんだ！」と、キュルツは唸って、

「それならわっしゃあ、とっくに知っとるです。ただ、なんちゅうか名前を知らなんだだけです。わっしのかかあは理論の大家ですよ。そういうのは、わっしなら簡単に〈見え透いた嘘〉と呼ぶです。――シトルーフェが家にいねえで、まあしあわせでさ！　悪者にさらわれたうえに、警察にまで逮捕されたんじゃあ、ひとり者にゃあちょっとかわいそうですでな」

警部は泰然として動じなかった。

「あやまちは人間的ですからね。しかしわたしのにらんだところは、まず、はずれないと思いますよ」

「あんたは、あの青年に対して、不正を犯すことになりますぜ！」と、キュルツは叫んだ。

「わっしは理論がなんだかちゅうことも知らねえ、かなり無学な人間です。しかし、いったんこの人間はでえじょうぶだとにらんだら、かならずはずれっこねえです！」

「キュルツさん」と、警部は呼んだ。

慇懃《いんぎん》ではあるが、訓戒するような調子だった。

「あなたに思い出していただかなくっちゃなりませんよ。調書を読むと、ある紳士《かた》は集団泥棒と何時間も同じ車室に乗り合わせて、この悪党たちをりっぱな紳士だと思っておられたですね？」

　肉屋の親方は咳が出はじめた。やっとそれがおさまると、

「残念ながら、おっしゃるとおりです。それでもわっしゃあ誓いたいですな、警部さんは断然思い違いをしておられるです。その連中が悪党だちゅうことをわっしに教えてくれたのは結局、シトルーフェ氏ですでな」

　警部は手をあげて、

「それはただ、トリュープナーさんとあなたを信用させるためだったんですよ！　それともう一つは集団泥棒を出し抜くために、あなたがたの身辺を離れまいと思ったからですよ。ね、そうして結局成功したわけです」

　オスカル・キュルツは怒って頭を振った。

「全部、警部さんのおっしゃるとおりかもわからんですが、それでも警部さん、あんたは思い違いをしとられるです」

　警部はしんぼう強く言った。

「待ってみなきゃわかりませんよ。ときに、トリュープナーさんに二、三お尋ねしたいこ

とがあるんですが。まず最初に、シトルーフェ氏とはどこで知り合いになられたですか？」

「コペンハーゲンです」

「どこかお知り合いのところで？」

「そうじゃございません」

「それでは？」

彼女はためらいながら、

「往来で」と、言った。

「その話を、もうすこしくわしく願えませんか？」

「出かけるちょっと前に」

彼女はそう言って、

「わたしニトルフとラードゥスプラーズの間の、一軒のショーウィンドーで、前の日に見といた靴を買いたいと思ったんですの。わたし街を歩いてショーウィンドーを捜してたんです。するとふいにだれかわたしの名前を呼ぶんです。それでわたし振り返ったんです。それがルーディさんだったんです」

「どうして名前を知ってたんです？」と、警部は訊いた。

「お互いに知らなかったんじゃないんですか！」

「シトルーフェさんがおっしゃるには、わたしが、あのかたのライプチヒの従妹に、そっくりなんですって。それで従妹だと思ったんですって」

警部は皮肉にニヤリとわらった。

「トリュープナーさん、過ぎたるはなお及ばざるがごとしですね、わたしは、あなたがシトルーフェ氏の嘘を、お信じになったかどうか知りませんよ！　いずれにしても、わたしは信じません！　どんなことがあっても、絶対に！　あなたがその従妹に似ていらっしゃるってことは考えられます。あなたがライプチヒの、そのご婦人と同名だということは、こりゃあ考えられます。しかしあなたが、そのご婦人とそっくりで、名前まで同じだっていうのは——失礼ながら、こりゃあんまり厚かましすぎますよ！」

警部は皮肉にキュルツを見た。

「あなたはどうお思いですか？」

パパ・キュルツは肩をすくめた。

「そりゃ、ちょっとおかしいですな。そのことは、わっしも認めなきゃならんですよ」

警部はまたイレーネ・トリュープナーのほうを向いた。

「それからどうしました？」

「それから靴屋が見つかったんですの。わたしは中へはいって、靴をはいて見てたんです。

するとまたシトルーフェさんがそこに来てるんです。店を出るときには靴の包まで持つんです。往来に出てからわたし、ご自分の道をいらして下さい、ってお願いしたんですの」

「それから」

「それから行ってしまいになったんです」と、彼女は答えた。

「それからこんどはいつ会ったんです？」

「翌日の正午に、急行列車の中で会ったんです。わたしの車室にはいって来て、まん前に腰かけて〈また仲なおりしましょうか〉って言うんですの」

警部はコーヒーを飲みほすと、めんどうくさそうにコーヒー皿の上に返した。

「歴然たるものです」

警部はそう言って、

「ただ一つ、こういうことがあったあとで、シトルーフェ氏と盗難事件との間に、密接な関係があるってことを、どうしてあなたがたが、いまだに疑っていらっしゃるのかそれがわかりません。明瞭じゃないですか！」

オスカル・キュルツは言った。

「しかし、見かけがあてにならねえ場合もあるじゃごわんせんか？」

「確かに」

警部はそう言って、

「こりゃあ、あったかもしれません。しかしたった一ぺんきりです！ それに、もうずっと前の話です。とにかく、承知の上で大きなあやまちを犯すよりも、むしろ知らずに小さなあやまちを犯すほうがいいですからね」

「わっしにゃあどうも、むずかしくってわからねえです」

パパ・キュルツはこう言って、かぶとを脱いだ。

「一週間前までは、わっしゃあソーセージを造るほど、世の中につらい稼業はねえと思っとったですが、犯罪人を捕えるのはもっとつらいこってすな」

「名言ですよ」と、警部は言った。

彼は立ち上がった。

「次の汽車で、ベルリンへお発ちになっていただきたいんですがね。警視庁へいらしていただきたいんです」

「アレクスの？」と、キュルツは訊いた。

「そうです。アレキサンダーの広場です。シタインヘーフェル氏の賞金もありますしね、警察もせいぜい努力しますから、密画の犯人もかならず、じきにつかまると思います」

警部は二人をドアに案内した。ちょうどドアをあけようとしたとき、電話が鳴った。彼

は急いで机に行って、受話器をはずした。二、三秒聴いていたが、

「ありがとう！」と言って、受話器をレストに戻した。

イレーネ・トリュープナーとキュルツ氏は、ドアのところで待っていた。警部は言った。

「今聞いたんですが、ルードルフ・シトルーフェ氏はベルリンのホルツェンドルフ街の住居で逮捕されたそうです。じゃあ、ごめんなさい」

## 14
## シトルーフェ氏の不思議な尋問

二ダースばかりの男を載せた一台のバスが、すでに二時間前からメクレンブルクの公道を疾走していた。最初は西南に向かって走っていたが、シュヴェリーンにはいると、突如東に方向を転じ、長いドライブのあとでノイシトレリッツを過ぎた。

　乗客たちは奇妙な満艦飾を施していた。厚紙で造った鼻と、軍神のつけ髯を顔につけ、頭には気球型の、紙の縁無し帽子と、ターバンをかぶっていた。そして手には、道化役者の持つような木剣と、風船玉を持っていた。運転手の隣にいる男は、ブリキの玩具のらっぱを吹いていた。車体にはチョークで、〈ローシトック・スカート倶楽部《クラブ》・登録番号

1896〉と書いてあった。乗客は風船玉を振りまわし、蛮声を張りあげてワンダーフォーゲルの歌をうたい、大はしゃぎにはしゃいで、見惚れて立っている女子供に、卑猥《ひわい》なことばを浴びせていた。

こういう組合の遊山団体は、このごろは、特別珍しいことではなかった。目につくことといえば、このどんちゃん騒ぎの陽気さが、村落の最後の建物が視界から消えるごとに、プツリと止んでしまうことであった。乗客は急に黙りこんで、不機嫌な顔つきで、半分居眠りしながら気が抜けたようにボサッとしていた。

森や牧場の平和を乱すまいとしてか？　野獣どもをおどかすまいとしての謹慎か？　そうではなかった。乗客たちは愉快にすることがちっとも愉快でなかった！　しずかな国道へ出ると、自然に陽気さが吹っ飛んで、苦虫をつぶしたようなしかめっ面になるのだった。

レスラーのようなかっこうの男が、フィリップ・アハテルに言った。

「おまえは紙の鼻をしまっといてもいいぜ。本物でもけっこう造り物に見える」

フィリップ・アハテルは答えた。

「きょうはこのほうがいいんだ。こうしてりゃ警察はプレッツェンゼー〔刑務所〕の常連たあ思わねえからな。ローシトックのスカート倶楽部の会員だと思わあな」

「腰掛けがもちっと堅くねえといいんだが！」

　シトルムが不平そうにこう言って、

「これじゃ盲腸炎になるぜ！」

「おれに見習うといいんだ」と、カルステンが言った。

「なにも、おめえ、盲腸の上に腰をかけるこたあねえんだ！」

　運転手も会員の一員だった。そのうしろにはホルン教授が腰をかけていた。彼は頤鬚がなくなって、ツルツルに顔を剃っていた。そしてしきりと膝の上の地図を眺めて、方角を定めていた。

「気をつけろ、村へはいるぞ！」

　とつぜん彼は叫んだ。

「こんどは騒いでくれよ、頼むぞ！　ノイシトレリッツじゃあ、てめえたち葬式の帰りみたいだったぞ」

　スカート会員は紙の鼻とつけ髯を直し、思いきり咳払いをして、シトルムの音頭《おんど》で歌いだした。

　　風さわやかに　空は晴れたり

## いざ立てわが友　長座は身の毒

フィリップ・アハテルは「長座は身の毒」という文句を聞くと、やけに腹がたってきて、歌を間違えてしまった。

村にはいった。村民たちは珍しそうに立ちどまった。子供たちはバスのそばを走って、風船玉を分捕《ぶんど》ろうとした。仮面をかぶった前科者たちは、かれらの歌を殷々《いんいん》と夏の空に撒きちらした。

そのとき運転手が急に車をとめた。乗客は入り乱れてひっくり返った。

「どうしたんだ？」と、親分が訊いた。

「若造の野郎がガソリンを入れています！」

バスの中が急にしんとした。

「バカ野郎、騒がねえか！」

ホルン教授がおどかすように唸った。

ほかの連中はたちまち、大きな声で陽気に騒ぎだした。とまったバスのまわりには、農家の若者や、手伝い女や、小学生たちが集まって来た。

ガヤガヤとあたりが騒がしくなってきた。農家の使用人たちが、珍しそうに窓から顔を出した。一台の牛車がバスのそばを通りかかった。一頭の牡牛が立ちどまって動かなくなった。風船玉が二つ三つ空へ昇った。子供たちは歓声を挙げて、夢中でつかみ合いをした。まるで祝祭日のような光景だった。

「親分！」

小柄なシトルム氏はこう言って、

「野郎はどうして自動車に乗っていねえんでしょう？」

「パウリヒ、どうしたんだか、見て来い」と、ホルンが命令した。

運転手はバスから降りて、そっと情報を聴くためにスタンドへ行った。

あとの連中はいらいらした。村人たちに冗談を言ってからかっている間にも、いくつかの疑問が頭を往来した。青年はどこにいるのか？　故障したのか？　降りたのなら、どうして車に戻って来ないのか？　この突発事件は何を意味するのか？

やっと運転手のパウリヒが引き返して来た。彼はあわてて運転台に上ると、加速機《アクセル》を踏んで走らせた。その間に彼は早口に説明した。

「あの車は貸自動車だったんだ。野郎はここで別な車と乗り換えやがったんだ。グランゼーでもう一度乗り換えるよ。この区間じゃ、たいげえみんなそうだ」

「ベルリンじゃどうなんだ？」と、ホルン教授が訊いた。

「ベルリンへ着いたら、野郎はグランゼーの車をキーナストに返すです」

運転手はこう言って、

「シテティン駅のガレッジにそういうのがあるんです」

ホルン教授は満足そうにわらった。

「そいつぁしめた！　グランゼーへ着いたらちょっと止めてくれ。おりゃあグラウマンにもう一度電話をかける。ベルリンのガレッジの前に、手下を二、三人見張りに立てさせるよ。若造の野郎、一杯食うぜ」

「その前にスカート倶楽部がサツにとっつかまってもなあ！」

カルステンが憂鬱な調子で言った。

アハテル氏がカルステンの肋骨《あばら》を突いた。ほかの連中は歌をうたい、わいわい騒いで手を振った。村の人たちも手を振った。スタンドの修理工は軍隊式の敬礼をして、顔じゅうをほころばして笑った。バスについて走っていた子供たちは立ちどまった。彼らは走るのと、笑うのとで、すっかり息を切らしてしまったのであった。

バスは砂ぼこりの中に消えた。

小さな女の子が一人風船玉を分捕って、嬉しそうに、つまずきながら家へ帰って行った。

――こんなふうで、どんなものにも使い途はあった。

その間にベルリンの警視庁では、シャルロッテンブルクのホルツェンドルフ街七番地に住むルードルフ・シトルーフェ氏が、一人の警部から尋問を受けていた。

シトルーフェ氏はキビキビした動作とブロンドの長髪を持った、ずんぐりの男だった。

彼はおもしろそうに部屋の中を見まわしていた。

警部は大工が持つような鉛筆を握って、のべつそれで机の角を叩きながら、寛大そうにほほえんでいた。

「さあ、シトルーフェ君」

彼はそう言って、

「きみの計画が失敗したことはこれでわかっただろう。良心の苛責《かしゃく》を軽くしたまえ！自白すればぼくらも手数がはぶけるし、きみの刑も軽くなるんだ！」

それから彼は、劇場に腰をかけて局面の急転でも待つようなかっこうで、うしろへよりかかった。

シトルーフェは蛙のような目をした。彼は明け方ベッドから連れ出されて来てから、あんまり何もかもわけのわからぬことばかりなので、もう何を言われても不思議な気がしなくなっていた。と同時に、自分がいったい何を要求されているのか、知りたくってたまらなかった。彼はなんとしてもこの秘密を探り出したい気がした！　そこで彼はこう言った。

「警部さん、もう少し精確な表現をお用いになっていただけると、たいへんありがたいんですが、ぼくからお聞きになりたいことはなんでも、心から喜んでお話しするつもりです。ただ、なんの話だか、それを先におっしゃっていただけるといいんですけど！　そうお願いできませんか？」

警部は大工の鉛筆で机の端を叩いた。

「シトルーフェ君、それじゃあ必要な範囲内で精確に話しましょう」

「そうしていただけるとたいへん愉快です」

「きみはどういう任務を帯びてコペンハーゲンへ行ったんですか？」

シトルーフェはびっくりして眉を上げた。

「それともきみの一存で行ったんですか？　むろん、それもあり得ることだが。いや、これは最初に訊くべきだったかもしれない、失敬」

「どういたしまして」と、シトルーフェは答えた。

「そうすると警部さんは、ぼくがコペンハーゲンに行ってたという見解をお持ちなんですね？」

「そう、これはぼくは疑わないね」

「残念ながら、それは間違いです、警部さん」

「じゃあ、きのうはコペンハーゲンにいなかったのかね？」

「まさに、そのとおりです！　ぼくはきのうコペンハーゲンにいなかったです。おととい もぼくはコペンハーゲンにいなかったです。手っとり早く申し上げると、ぼくは生まれて から、まだ一度もコペンハーゲンへ行ったことがないんです！　これは教養の不足かもし れません。しかし逮捕の理由にはなりません！」

「きみは、そうすると、きのうは家にいたのかね？」

「いや」

シトルーフェ氏はそう言って、

「それは妄断です。ぼくはコペンハーゲンにもいなかったし、家にもいなかったんです」

「残念だね」

警部はそう言って、

「きのう家にいれば、今すぐそこへ帰してあげられるんだがね。きのうはどこにいたん だ？」

「バウツェンにいました」

「どこだって？」

「ザクセンのバウツェンです。バウツェンは非常に絵画的なまちです。まちのまわりに古い外壁と、塔があって。ついでがあったら、一度バウツェンをごらんになるといいです」

「ありがとう」

警部はそう言って、

「ぜひ行ってみよう。そうするときみはザクセンのバウツェンに行ってたんだね？」

「おっしゃるとおりです」

シトルーフェは慇懃にこう答えた。

「きみの泊まったホテルの名前をいってごらん？　バウツェンに電話をかけてみよう。きみが泊まったことがわかれば、きみは放免だ」

シトルーフェは黙っていた。

「それとも、ホテルの名前を忘れちゃったかね？」と警部は皮肉に訊いた。

「いや、バウツェンには泊まらなかったんです。夜中にまた発《た》って来たんです。ベルリンへ帰ってから、存分寝られると思ったもんですからね。一時間後に叩き起こされて、警部さんのところへ連れられて来ることがわかってたら、もちろんぼくは景色の好いバウツェンに泊まっていましたよ」

「運が悪いよ、きみは」と、警部は言った。

「昔からそうでしてね」

シトルーフェはそう言って、

「どうもしょうがないです。運の悪い者はどうしたって悪いんです」

「バウツェンには、きみの知り合いか取引先があるんだろう、その名前は？」

警部はそう訊いて、

「きみのアリバイを証明する者が誰かいるだろう！」

シトルーフェはだんだん気持が憂鬱になってきた。

「どうしたんだい、きみ」

警部はそう叫んで、

「きみはただ、バウツェンに泊まらないために、バウツェンへ出かけたんじゃないだろう！」

「そうじゃないです」

「それともきみは、ただ、まちの古い外壁と、塔を見に行ったんかね？」

「そうじゃないんです。ぼくはある人に会いに行ったんです」

「そのおんなの名前は？」

「おんなって！　レディです！」

シトルーフェはそう言って、長髪を撫でた。

「じつはバウツェンに市立劇場があるんです。この劇場のある女優を、昔知ってたんです。その時分はバウツェンにいなかったんですが、一年ほど前にバウツェンに来たんです。それに会おうと思って行ったんです。芝居がはねてから、舞台の出口に立って、待ってたんです。すると出て来たんです」

「まさか」

警部はきめこむようにそう言った。

「ところが、むこうでまだぼくに気がつかないうちに、別な男が握手をしたんです。ぼくは邪魔をしたくなかったんです。ふたりは腕を組んで行っちゃいました。それでぼくは駅へ引き返したんです」

「きみはまったく気の毒だ」

警部はそう言って、

「全然アリバイが無いなんてことはめったにないんだがね」

彼はしばらく考えて、

「しかしおとといはベルリンにいたんだろう！」と、訊いた。

シトルーフェはほっとした。

「おとといですか！　ええ、おとといはいました！」

「よし！　きみの電話番号は？　きみの女中を呼び出してみよう」

「残念ながら、女中はいないんです。家がごく狭いもんですから、それに……」

　警部は先を待ちかねて、手をあげた。

「掃除婦の住所は？　使いをやってみよう。それとも掃除婦もいないんかね、シトルーフェ君？」

「もちろん！　います！　しかし掃除婦は、一週間に二度っきゃ来ないんです。おとといは来なかったんです」

「シトルーフェ君、ぼくは根気がいいことは、ベルリンでも評判なんだよ。だからぼくは落ちついてきみに訊くんだが、それじゃあ、いったいどこへ照会したらいいんだ？　きみが照会してほしいところを言ってみたまえ」

「だれといって、さしあたりありません。最近ぼくはずっと家にいました」

「いつもひとりで？」

「まさしくそうなんです」

　シトルーフェはこう言って、

「ぼくは六十の楽器の総分譜を書いていたんです。これは大労働だったです。やっとそれがすんで」

「バウツェンへ出かけたというんだね？」と、警部が先を補った。

「そうなんです。いったい、バウツェンがどうしたっていうんですか？」

「別にどうしたっていうわけじゃない」と、警部は答えた。

それから彼は立ち上がると、胸に腕を組んで言った。

「シトルーフェ君、密画《ミニエチュア》はどこにあるんだ？」

「いったいどんな密画ですか？」

シトルーフェはびっくりして訊いた。

「きみはヘンリー八世について、今までに何か聞いたことはないかね？」

「そりゃ聞いています。しかしそれとバウツェンと、いったい、なんの関係があるんですか、警部さん？」

「それからアン・ブーリンは？」

「もちろん、知っています」

警部はからだをぐっと屈めて、

「それからホールバインの息子は？」

「それも知っています」と、シトルーフェは言った。

「それでは、ホールバインがアン・ブーリンを描いてヘンリー八世に贈られた密画は――知らないかね？」

「知りません。実際知らないんです。ぼくは美術史家じゃないんですよ！　ぼくは音楽家です！」

「もちろん！」

「ぼくの印象では、ぼくがバウツェンにいたことは、全然あなたには興味がおありにならないようですね！」

シトルーフェは本気で腹をたてた。

「一方、首を斬《き》られたイギリスの女性と、コペンハーゲンとの関係が、全然ぼくにはわからないです。それにぼくがバウツェンにいなくて、コペンハーゲンにいたことを、どうしてあなたはそんなに重視していらっしゃるのか、それもぼくにはわからないんです。どうか、もう少しくわしく説明していただけないでしょうか？」

「いや」

警部はそう言って、

「きみと話をするのは、まあ、このくらいにしておこう」

彼は呼び鈴を押した。警官が現われた。

「シトルーフェ君を連れてってくれ！」

警部はそう言って、窓ぎわへ歩いて行った。

## *15*　苦難のスカート倶楽部

グランゼーを出てまもなく〈ローシトック・スカート倶楽部・登録番号1896〉の会員二、三名が反乱を起こした。日ごろ親分の味方であったシトルムが、反乱組の肩を持った。

「親分は何を待ってるんです？」

シトルムはこう言って、

「いったいわっしらは、いつまでワンダーフォーゲルの歌をうたって、村の道化役者をすりゃいいんです？　いいかげんにパウリヒにスピードを出させたらどんなもんです。親分？　早いとこ若造に追っついて、二、三発タイヤをぶち抜こうじゃねえですか。そうしてホールバインをふんだくって、野郎はふん縛《じば》って、草の中へすわらしときゃいいじゃねえですか。綱はわっしらが持ってます。がんじがらめにふん縛って、辺鄙《へんぴ》な畑へほうり出しときゃ、人目につくころにゃこっちはベルリンへ行ってまさあ！」

「そうだ、そうだ！」

フィリップ・アハテルはこう叫んで、

「おりゃあ、もうそろそろ歌うのがいやんなったよ！　喉が乾くばっかりだ！」

ホルン教授は別な意見を持っていた。

「てめえたちは、サツに警報が行ってることを忘れちゃいけねえ」

彼はこう言って、

「遊山団体はあぶなっけがねえ。この辺でなにもぶっ放すこたあいらねえ。そういうドサクサは、ベルリンの方がよっぽど目だたねえ」

「それじゃ」

カルステンはこう言って、

「もし野郎が貸自動車を、シテティン駅のガレッジへ持ってかなかったらどうです？　野郎はばかじゃねえ。どこかへすっぽかして、フケちまったらどうです？　わっしら、そうしたら、どうするです？」

「そうしたらおれたちも、グラウマンの手下も、お月さんを眺めるんだ！」

レスラーが腹をたてて言った。

「ベルリンは広いよ。おりゃあもう小学校で習ったよ」

　ホルン教授はしきりに地図を調べていたが、しばらくためらったあとでこう言った。

「そんならそれでもいい！　オラニエンブルクへ行くまでにつかまったら、そうしよう。それでなきゃベルリンだ」

　スカート倶楽部員は急に元気づいた。

「パウリヒ、加速機《アクセル》を踏め！」と、一人が叫んだ。

　運転手は全力を挙げた。

「しかしタイヤのほかは射つなよ！」と、親分は命令した。

「若造は射つなよ！　てめえたち知ってるとおり、おりゃあきらいなんだから！」

　アハテル氏は唇を曲げた。

「親分は事務所をこしらえるといいんですよ」

　彼はそう言って、

「そうすりゃ、電話でわっしらを指揮できるんだ。でなきゃ書留で！」

「てめえたちゃあ知らねえが、そのほうがどんなにおりゃあいいかしれねえ！」

　親分はそう言って、

「ところが残念ながら、てめえたちは一秒もひとりじゃ置いとけねえ！　おれがてめえたちの乳母《うば》の役をしねえですめば、二倍は儲かるんだが！」

「生まれながらの兵站馬《へいたんば》か！」と、レスラーがつぶやいた。

ホルン教授はクルリと振り向いて、

「何を言った？」

レスラーは肩の間に首を縮めた。

「なんにも言わねえですよ」

ローシトックのバスはフルスピードで国道を疾走した。乗客は腰掛けの上を前後左右にはね上がって、洗濯女のように文句を言った。――人通りのない野道を、荷馬車がガタガタ通っていた。ある森の空地に、猟犬を連れた山番が立っていた。犬がやけに吠えたてた。

十分くらいたったろうか。ついに、彼らの前に、すこし離れて走って行く一台の自動車を発見した。

「灰色のオーペルだ」と、パウリヒが言った。

「これがそうだ！　野郎が加速機《アクセル》を踏まなきゃ五分で追いつく！」

ホルン教授は運転台によじ登って行って、隣に腰をおろして、ピストルを取り出した。

それから振りかえって、冷静に言った。

「おれの命令にそむくやつはベルリンまで歩くんだ！　もの忘れするとよけいな足を運ばなきゃならねえ。わかったか？」

返事の代わりに何か、口の中でブツブツいう声がした。

そのとき灰色のオーペルは、曲がり角のむこうに消えた。

スカート倶楽部の会員は紙の鼻を突き出した。彼らは追跡で夢中になった。

「うめえぐあいにねらったところへあたりゃいいが」

シトルムはカルステンにそう言って、

「最近おりゃあ、ばかに目が近くなったんでね」

彼は意地のわるいクスクス笑いをした。

バスは曲がり角に来た。乗客はほうり出されそうになった。パウリヒがブレーキを踏んだ。それからまた追跡が続いた。するとこんどは、パウリヒがまたスピードを落とした。

五十メートルと離れないところで、灰色のオーペルが路傍にとまっていた。青年は降りていた。彼は車のそばに立って、自転車によりかかっている男と話をしていた。

ふたりはバスのほうを眺めていた。自転車によりかかっていたのは警官だった！

スカート倶楽部の会員は蒼《あお》くなった。

「パチンコ隠せ！」

教授がしゃがれ声で叫んだ。

「歌うんだ！」

小柄なシトルム氏が音頭をとった。あとの連中が歌いだした。前科者たちは、警官と青年のそばを通りながら、色とりどりの紙の帽子を振りまわして、胸いっぱいに声を張りあげて歌った。

〈馬車は満載、若い娘を、いっぱいのせて！〉

　そのどら声が興奮のために震えていることは、だれにも見のがせなかった。しかし警官はバスを止めようとはしなかった。彼はわらいながらあとを見送って、頭を振った。

　パウリヒは悪魔のようにかっ飛ばした。次の曲がり角で、やっと彼はスピードを落とした。それと同時にスカート倶楽部員の歌もしだいに陽気さが衰えて、あとはもっとも至極な憤慨に変わった。

「悪党め！」と、小柄なシトルム氏は叫んだ。

　彼はさっきから喉を使いすぎて、声がしゃがれていた。

「野郎、絞め殺すぞ！　最初は鼻先でホールバインをかっぱらいやがって、こんどは警官《デカ》でおれたちをからかいやがる！」

　フィリップ・アハテル氏は手を空に振りまわして、ヒステリックに叫んだ。

「あんな悪党野郎のタイヤをぶち抜こうってのか？　冗談じゃねえぜ！　そんなことをぬかすやつは、動物愛護会の会員だ。おれたちの仲間じゃねえ！」

ホルン教授は蒼くなった。

頤の筋肉が皮膚の下でグリグリ動くのが見えた。

「ストップ！」と、彼は叫んだ。

一同が彼の顔を見ると、

「野郎はおれたちのそばを通るはずだ。待とう」

「合点だ」

パウリヒは唸った。バスは徐行した。バスはとまった。

「からかいたいだけからかいやがった！」

ホルン教授はそう言って、

「野郎はサツをけしかけやがるかもしれねえ。ものにゃあ限度がある。そばを通ったらやっちゃえ！」

「そう来なくちゃ嘘だ！」

レスラーはそう言って、

「仕返しに、わっしに一番槍をお許し願いてえんですが！」

「よし。二、三時間ものが言えねえくらい、脳天へ一発ぶっ放せ！」

レスラーはがっかりして訊いた。

「たった二、三時間だって？　どうして二、三年延ばさねえんです？」

「口答えするな！」と、ホルン教授は言った。

彼らは黙々とバスに腰をおろして、灰色のオーペルを待ちうけた。風船玉がかすかに揺れていた。

「気をつけろ！」

一人が叫んだ。

「来たぞ！」

レスラーはからだを動かした。ピストルの安全装置がはずされた。運転手はスタートの用意をした。麦畑の上を風が吹いた。穂が合唱して、風になびいた。雲雀《ひばり》が一羽さえずりながら飛び去った。そしてローシトック・スカート倶楽部の陰謀は水泡に帰した！　というのは、道を走って来たのは、灰色のオーペル一つではなかったからだ。自動車の隣には、警官が青年と話しながら、自転車を走らせていた。

前科者たちは途方にくれて、ピストルを隠した。

親分は叫んだ。

「このバカヤロー、早く騒がねえか！　てめえたちはもうだいぶ商売を休んでたぞ！」

これがたちまち効を奏した。

スカート倶楽部員たちは嗜眠病《しみんびょう》から醒めた。彼らはまるで十月祭のように、歌をうたい、蛮声を張り上げて、風船玉を振りまわした。

灰色のオーペルと警官はとまった。

素姓の怪しいバスの乗客たちは、とっておきの腕前を見せた。彼らの陽気さは底抜けだった。フィリップ・アハテル氏は、ベルヒテスガルテンででも生まれたように、ヨーデル節を歌った。小柄なシトルム氏は、頭の脳天から出るような作り声で歌った。ホルン教授はチロルのダンサーのように膝を叩いた。カルステンは低音《バス》で合唱した。

灰色のオーペルの中の青年は言った。

「愉快な連中ですね！　こういうのを見るとうらやましいですよ、警部補さん！　やあ、皆さん、ごきげんよう！」

それから彼は、あいさつに一本の指を帽子の縁に挙げると、急行列車のように走り去った。

警官はバスのほうへ歩いて行った。

「ちょっと免許状を見せてもらおうかね？」

警官はこう言って、

「自分の骨を折っぺしょるのにも、警察の許可が要るからね」

運転手のパウリヒはプリプリしながら、ポケットを指で掻きまわした。ようやく彼は免許状を見つけて警官に渡した。

警官はていねいに書類を調べたあとで、やっとそれを返した。

「異状なし！　しかし、もっとゆっくり走らせなきゃいかんね！」

警官はこう言って、それから出発地と目的地を訊いて、これから先の道を遠まわりしないように、注意を与えた。警官はよほど閑人《ひまじん》らしかった。

灰色のオーペルはもうとっくに、影も形もなくなっていた。

イレーネ・トリュープナーと肉屋の親方キュルツは、シテティン駅からすぐに警視庁へ乗りつけた。彼らは係の警部と向かい合って腰をかけ、逮捕されたルードルフ・シトルーフェの供述の報告を聴かされた。報告はかなり詳細に行なわれた。警部の話がすむと、二人の証人は深い沈黙に陥った。

そのうちにキュルツ氏は立ち上がると、膝をパチンと叩いて叫んだ。

「おどろいたですな！　ほかのことだったら、わっしゃあ驚かねえです。しかしこればっかりは、思いもかけなかったですな！　あの男がこの部屋をこっぱみじんに叩きつぶしたちゅうなら、まだ、わっしゃあ話がわかるです！　ほんとうに心から怒るのは、りっぱなもんですでな！ それともどこにいようと、警部さんにゃあ関係のねえこった、とでも言ったんなら、これも一理あるでさ！ しかし、女優に話しかけるためにバウツェンへ行ってたなんて、しかも勇気がなくなって、スゴスゴ引き返して来たなんて、そんなこと言って警部さんをごまかすとは、言語道断です！ あんたもそう思わねえですか、トリュープナーさん？」

イレーネ・トリュープナーは沈黙したままだった。

「嘘をつくやつぁ泥棒でさあ！」と、キュルツ氏は激昂《げっこう》して言った。

「わっしの人間学はこれでまた、すっかりいい恥さらしをしたです！ バウツェンにいたなんて、場所もあろうに、バウツェンなんて！ その上泊まらねえで帰って来て、だれにも人に会わなかったなんて！ まったく煮ても焼いても食えん若造ですな！」

警部は言った。

「シトルーフェ氏を連れて来るように言っておきました。あなたがたの目の前でがんばるだけの心臓があるかどうか、見ましょう」

トリュープナー嬢はドキッとした。

「ここへ参りますの？ わたし失礼したいわ！」

「それはいけません！」と、警部は言った。

肉屋の親方キュルツは、できるだけ優しく、彼女の手をさすった。

「あんたは、わっしの背中に隠れとりゃいいですよ」と、キュルツ氏はささやいた。

電話が鳴った。

警部は受話器を取りあげて、

「連れて来たまえ！」と、言った。

それから彼は客のほうをむくと、大きな鉛筆を楽長のように振って、

「今シトルーフェ氏が来ます」と、言った。

パパ・キュルツは平生よりいっそう胸幅を広くして、トリュープナー嬢の前に椅子をずらせた。

ドアがあいた。

ホルツェンドルフ街のルードルフ・シトルーフェ氏が、一人の警官にともなわれてあらわれた。彼はもうユーモアをうしなって、不機嫌な目つきをしていた。またもう一度バウツェンの話をさせられるのだろうか？

「こりゃどうも！」と、キュルツ氏は叫んだ。

彼は片手を伸ばし、芸術家らしい長髪をした、ずんぐりの紳士を指さして、長い間カラカラと笑った。

笑いだしたのはキュルツだけではなかった。トリュープナー嬢もいっしょになって笑った。といっても、むろん、キュルツほど愉快そうに大きな声では笑わなかった。しまいに彼女は、ハンドバッグから薄い麻のハンカチを出して、目に当てた。彼女は本気で笑っていたのだった。

警部と、拘引された作曲家とは、啞然とした様子だった。

シトルーフェ氏が最初に口を開いた。

「そんなに笑われると、ぼくはまだ、舞台度胸ができていませんからね」

不機嫌そうに彼は言った。それでもまだ笑いやまないので、彼は足で床をパタパタ鳴らせて、

「ぼくはここへ道化役者に雇われて来たんですか、警部さん？」と、叫んだ。

「ごめんなさい！」

キュルツはこう叫んで、

「おっしゃるとおり、こりゃあわっしがご無礼しました。わっしゃあ、けっしてあんたを笑ったわけじゃねえです。だけど、あんまりおかしいんで！」

彼はまた新たに笑いだした。彼は警部を見て、言った。

「わっしゃあ、このかたは、全然知らんです！」

警部はぐっとからだを乗り出して、訊いた。

「なんですって？　あなたがたはシトルーフェ氏をご存じないんですか？」

「存じませんわ」

トリュープナー嬢はこう言って、

「わたしたちは、まだお目にかかったことがございませんわ」

「これがコペンハーゲンで、ぼくといっしょにいた人たちなんですか？」と、作曲家が皮肉に訊いた。

「このかただったら、バウツェンに行っとったかもしれんです！」

パパ・キュルツはこう言うと、また笑いださないでいられなかった。シトルーフェはむっとして、

「警部さん」と、言った。「あなたはまさか、わたしの知らないかたに、わたしの私的生活をのぞかせようと思って、お呼び出しになったんじゃないでしょうね？」

「あなたがたはお互いに知らないんですか？」

警部は不審そうに訊いた。

「知りません！」

三人ともそう答えた。

「失礼ですが」

キュルツはこう言って、

「あんたはほんとうに、ルードルフ・シトルーフェさんとおっしゃるんですか！　そしてほんとうに、ホルツェンドルフ街に住んでおられるんですか？」

「かさねがさね驚きましたね！」と、作曲家は言った。

「冗談じゃないですよ！　最初は、バウツェンにいたって言っても信用しないで、コペンハーゲンにいたろうっておっしゃるし、こんどは、シャルロッテンブルクに住むシトルーフェだというのに、そうじゃあるまいとおっしゃる！　打ち明けて申し上げますがね、ぼくは芸術家です。しかしわれわれの仲間じゃ、たとえ謝肉祭だって、こんなバカげたことを言うやつはいないですよ！」

彼は長髪を掻き上げて、ジェリーのように震えた。

「シトルーフェさんの名前はシトルーフェさんです」

警部はそう言って、

「それは確かです」

「そして、ホルツェンドルフ街に住んでいることも確かですよ」と、シトルーフェは叫んだ。「残念ながらそうでなきゃ、ぼくはけさ、ベッドから引っぱり出されないですんだんですよ！　ぼくを起こしに来てくれた紳士がたに訊けば、証明してくれるでしょう！」

「もちろんです」

警部はそう言うと、できる限りの優しさをこめた声で、

「わたしたちは、何かの間違いの犠牲になったんです。だれかにだまされたんです。あなたの名前と住所を使って、この二、三日コペンハーゲンにいて、昨夜ヴァルネミュンデでいなくなった男がいるんです。それが何者だったかっていうことは、ちょっとすぐにはわからないかもしれませんがね。ことによるとあなたの知り合いだったかもしれないし、どうお考えです？」

「冗談じゃないです！」

シトルーフェはムッとして言った。

「ぼくは犯罪者を知り合いに持っていないですよ！」

警部は考えながら、

「あなたと知り合いでなければ、全然知らない人間です。犯罪を行なう前に、ベルリンの住所録か電話帳をめくって見て、ある名前を手に入れて、それを使ったかもしれません。あるいは必要な場合には、その名前で姿を消すということもできるわけです」

「ぼくはそいつをぶち殺してやります！」と、シトルーフェは言った。

「まず先に捕えんことにゃあな！」

肉屋の親方キュルツはそう言って、

「コペンハーゲンのわっしのシトルーフェが、女優の連れに遠慮するために、バウツェンに行ったなんて、ここで言ったら、それこそわっしゃ憤慨するです」

「批評はやめていただきたいですね」

作曲家はそう言って、

「あなたはぼくよりも、骨董泥棒のほうに同情をしてらっしゃるのかもしれないですが、ぼくには興味がないですよ！」

「作曲家だって、泥棒をせんこたあねえですでな」

ヨーク街の肉屋の親方はこう言って、

「ホールバインは盗まんかもしれんが、譜を盗むことがあるですでな！」

キュルツは笑った。それから彼は手を上げて、

「いや、わっしゃあ、なにも、あんたの気を悪くするつもりはねえです。失礼ですが、わっしゃあキュルツというもんでごわす！」

シトルーフェが返事をしないので、キュルツは、

「あんたは歌謡曲を書いておられるんですか？」と、訊いた。

「いいえ！」

シトルーフェはそう言うと、

「ちがいますよ。あなたには言ってもわからないです！　ぼくは失礼します！　ホルツェンドルフ街へ帰りますよ。それとも警察は強制喜劇役者として、もっとぼくを引き留めておくつもりですか？」

「そんなことはありませんよ、シトルーフェさん」

警部はこう言って、

「どうか、わたしと、わたしのローシトックの同僚の名前にかけて、おゆるしを願います」

「理論《セオリー》のおかげでさあ」と、パパ・キュルツはつぶやいた。

警部には、キュルツの言ったことがわからなかった。そこで彼はことばを継いで、

「少なくとも三十分以内にお帰しします。まだ手続きだけ、ちょっとこれから、済ませなきゃならないですから。もう三十分ばかり、どうかごしんぼう願います！　それから、これはトリュープナーさんにも、キュルツさんにも、お願いしときますが、近日中にまた一度おいでになっていただきたいんですが」

「かならず来ますよ」と、作曲家は言った。「ぼくの大事な名前を濫用した紳士ともぜひ

知り合いになりたいですから。ぼくはおやじに対しても責任があります。おやじは官吏だったですからね！」

警部は机のまわりを一巡して、みんなと握手をした。

「この事件は複雑です」

警部はこう言って、

「だれが密画《ミニエチュア》を盗ったんでしょう？」

「わからんですなあ」

キュルッツはこう言って、

「しかし、わっしらのシトルーフェでねえこたあ、確かです。わっしゃあ賭《かけ》をしてもいいですよ。あんたが負けたら菫《すみれ》の花束、わっしが負けたら牡牛を半頭さしあげますよ！」

キュルッツは花嫁の付添人のような慇懃さで、トリュープナー嬢に腕を差し出した。

「さあ、わっしゃあ、これから大急ぎで家へ帰ります。家のやつらも、エミリエも、わっしを待ってますでな！」

# 16　ベルリンに到着

最近他人の名を借りて、ルーディ・シトルーフェと名のっていた青年は、とかくするうちに彼の住居《すまい》に到着した。それは小さな住居で、カント街一七七番地の五階にあった。表の廊下の入口に貼りつけられた真鍮《しんちゅう》の表札には、ヨアヒム・ザイラーと書いてあった。

ザイラー氏は内側からドアの鍵をかけ、戸締りの鎖をひっかけてから、廊下の突き当たりの部屋にはいった。大きな長椅子の隣に、低いテーブルが置いてあった。青年は上着の内ポケットから小さな包を取り出して、磨《みが》きのかかったテーブル板の上にそっと載せた。それから彼は廊下に引き返して、外套掛けに帽子と外套をかけ、それから浴室へ顔を洗いに行った。

彼はくたくたにくたびれていた。それは当然なことだった。彼はメクレンブルクとマルク・ブランデンブルクを通って、約束どおり、貸自動車をシテティン駅のキーナストのガレッジへ返したとき、往来にぶらついていた二、三人の男が、異常な好奇心をもって、自分をジロジロ見ているのに気がついた。彼は大急ぎでタクシーに飛びこんで、逃げだした。

それでも彼は、けっして疑わなかった。彼はかならず跡をつけられて、どこに住んでいるか、すっかり知られてしまったのだ！　相手は総攻撃に移るために、今はおそらくただ、黒めがねをかけた白鬚《しらひげ》の紳士を待っているだけなのだ。

ザイラー氏は、浴室の鏡からのぞいている自分の顔をじっと見て、考えこみながら、自分にむかってうなずいて、こう言った。〈生きるということは、じつに容易ならぬことだ！〉それから彼は頭髪の分け目にブラシをかけて、書斎にはいった。書斎の隣には、小さな包がテーブルに載せてあった。

彼は窓をあけ、からだを乗り出して下の往来を見た。五階から見おろすと、人間の世界がほとんど実際より小さく見える。初めは別に怪しい人影も見えなかった。ところがしばらく眺めているうちに、反対側の道路の、カフェ・ホフマンの隣の門口に二人の男が立って、彼の窓を見上げているのに気がついた。彼が見ているのに気がつくと、ふたりは首を垂れて、なにげない様子をよそおった。

ヨアヒム・ザイラーはひとりで口笛を吹いた。口笛の節の文句は〈たがいに祈る成功を！〉というのだった。

それから彼は窓を締めて、掃除婦が机の上に載せて置いた郵便物に目をとおした。

エミリエ・キュルツ夫人は——厚みのある、でっぷりしたからだで——きょうも店に立って、肉とソーセージを売っていた。三十年以来ちっとも変わったところがなかった。

「親方はまだお帰りにならないんですの？」

買物に来た婦人客が、こういって訊いた。キュルツ夫人は頭を振った。

「まだ帰らないんですよ。でも毎日絵はがきを送ってよこすんですよ。わたしオスカルのために喜んでいるんですの。一度世の中を見てくるのもいいですわ。あのひとは休養が必要なんですの。わたしもぜひいっしょに連れて行くって言ったんですけどね！　でも、どっちか一人は店に残らなくちゃならないんですものね」

彼女は嘘をつくのがつらかった。でもキュルツの家の中のゴタゴタが、お顧客《とくい》さんになんの関係があろう？　ソーセージさえ上等ならいいではないか？

「いったい今はどこにいらっしゃるの、だんなさんは？」

「ヴァルネミュンデですの。きのう電話までかけてよこしたんですよ！」（〈やっと、ほんとの話ができる〉、と、キュルツ夫人は思った）。「デンマークの旅行は、かなり骨が折れたらしいんですの。なにしろオスカルは旅行に慣れていませんでしょう？　それで今、バルチック海でちょっと旅の疲れを休めてるんですの」

「ごもっともですわ」

客はそう言って、

「海へはいってらっしゃるの？」

「どうしてですか？」

「海の水は痩せますからねえ、それに神経を痛めますわ」

「海へははいらないと思いますわ」

肉屋のおかみはそう言って、

「それに海水着も持っていないんですもの」

「それじゃあね」

客はこう言って、敏感に話題を中止した。

「それから犢《こうし》の肋肉《カツレツ》を三ついただくわ。あんまり厚くしないで」

「叩きますですか？」

「ええ、そうしていただくわ」

客は、キュルツ夫人が肋肉からカツレツを切って、骨を斧《おの》で叩き斬っている間、テーブルのガラス板の上に陳列してあるソーセージを眺めていた。

そのとき奥の部屋のドアがあいて、肉屋の親方オスカル・キュルツが姿を現わした。彼は新しく糊のついた、真白な前かけをかけていた。彼はまず女房にうなずいてから、客にあいさつをした。

「おや、海岸にいらっしゃると思ってたのに！」と、客が叫んだ。

「いたんです」

キュルツはこう言って、

「ものにゃあみんな一つの終点があるですでな。終点が二つあるのはソーセージだけでさ！」

それから彼は女房のほうをむいて、

「気をつけろよ、エミリエ！　お手々を叩かねえように、カツレツだけ叩くんだぜ！」

彼はまな板のほうへ行って、女房の斧を取りあげた。

「わっしにやらせろ！　おまえはその間に、わっしの世界旅行のおみやげを見ろ！」

肉屋のおかみは呆然として、奥の部屋に消えた。

旅行から帰った親方はカツレツを叩いて、包みながら、客と話をした。

「旅行をするといろんなことがあるもんですよ、ブリュックナーの奥さん。一週間の中に、ふだんの一年分以上の経験をするです」

「ほんとうにそうですわ」

客はそう言って、

「旅行をなさると、いろいろお話がおありになりますわ」

「いや」

キュルツはそう言って、

「ところが話はできねえんです！　新聞に載るまでは黙っとらにゃならんです。肉のサラダはいかがです？　できたてです。それともハムはいかがです、1/4ポンドも差しあげましょうか？　マルチパンみてえにおいしゅうござんすよ」

「舌《タン》のソーセージを1/4ポンドいただきますわ！」

「これも上等です」

親方はそう言って、ソーセージを一かたまり切って目方を計って、首を振った。いつもの親方とも思われぬ。よけい切りすぎたのであった。

「六ペニヒ多くなったですが、ようごわすか？　つい調子がわからなくなって。三十年目に初めて休暇をとったら、もうこのとおりでさ！」

客は承知をした。

キュルツは買物をいっしょに包んで、計算をして、鉛筆を右の耳にはさんだ。それからレジスターへ行って、釣をわたして言った。

「またどうぞ！」

ブリュックナー夫人は出て行った。入口のベルがジーンと鳴った。オスカル・キュルツは奥の部屋にはいった。

女房は皮のソファに腰をかけて、かすかな憎悪の目で彼を迎えた。

「さあ、泣くんじゃねえ」

彼は唸るようにそう言った。

「どうにも我慢がならなんだのだ」

「どうしてわたしに一言もいわなかったの？　わたしも子供たちも死ぬほど心配したじゃないの？　ベルナウへ行ってくるなんて！」

「ほんとうにベルナウへ行くつもりだっただ」

彼は考えながらそう言って、

「つまり、こりゃあ、わっしの理論《セオリー》だっただ」

「理論《セオリー》？」と、彼女は訊いた。

「そうさ。理論《セオリー》ちゅうのは外国のことばでな、まっ赤な嘘ちゅうことだ。そのほうが人聞きがいいだでな」

彼は笑った。

「インチキねえ！」

彼女はそう言って微笑《わら》った。いままでの生涯がずっとこうだった。オスカルが笑うと、彼女は微笑わないでいられなかった。もっとも、彼はあんまり笑うこともなかったが、しかしそれは彼女の責任だった。

「足はどうだ？」と、彼は訊いた。

「相かわらず。月曜日には寝たわ。ヘートウィヒが来て手伝ってくれたの」

「感心な子だ」と、彼は言った。

「そうよ。蟻酸精を持って来てくれたわ。擦《す》りこむのに。これはよくきいたわ」

彼女はあたりを見まわして、

「それはそうと、おみやげはどこ？」

「頭の上にあるよ」

彼女は壁を振り返って、皮のソファの上にかかっているホールバインの密画《ミニエチュア》を眺めた。

「この絵は本物じゃねえだ」

彼はそう言って、

「模写《イミテーション》だ。本物は五十万マークもするだ。それが失くなっただ。そのことはまあ、あとで話すけど」

エミリエ・キュルツ夫人はアン・ブーリンを、ためつすがめつ熱心に眺めていた。

「女の絵じゃないの！」

彼女はきめつけるように、そう言って、

「おまけにこの胸を出してることはどう！」

「おまえにゃ芸術はわからねえ」と、彼は言った。

「わからないわよ」と、彼女は答えた。「板チョコ一枚のほうがわたしはありがたいわ」

ヨアヒム・ザイラーの住居のドアをノックする音がした。またノックした。拳固《げんこ》でドンドン叩きはじめた。

「すぐに行きますよ！」と、青年は叫んだ。「急がばまわれだ！」

彼は廊下をとおって、ドアののぞき穴からのぞいて見た。階段の踊り場いっぱいに、決然とした目つきをして、男たちがウヨウヨ立っていた。

「どなたですか？」と、彼は訊いた。

「警察だ！　あけろ！」

「すぐあけますよ！」

青年はそう言って、戸締りの鎖をはずし、鍵をねじって、隙間をあけた。

「ご用は？」

警官の一人は金属製の札を見せた。

「警察だ。シタインヘーフェル氏がコペンハーゲンで競売で落とした、ホールバインの密画《ミニエチュア》を盗んだという有力な嫌疑がきみにかかっている」

ザイラーがドアを締められないように、警官の一人が廊下へ一歩足を入れた。

三人目の男が重苦しい声で、

「家宅捜索だ！」と、言った。

「やむを得ないです」

アパートの借り主はそう言って、

「あなたがたの言われることは、全然、ぼくには見当がつかないですが、職務の遂行を妨げる意志はないです」

「妨げることなんかできるもんか！」

一人がこう言って、はいった。

廊下は二十人近くの男たちで、いっぱいになった。一人が手ばやく、奥の部屋のドアをあけてのぞいた。そしてとつぜん、

「あそこに包がある！」と叫んで、テーブルに駆け寄った。

警官たちはあわててあとに続いた。

一瞬間、ヨアヒム・ザイラー氏は、廊下にひとりで立っていた。半秒の後、ザイラー氏は身を翻して部屋のドアに飛びかかると、パタンと締めて、鍵を二つまわした。それから彼は書斎に飛びこんだ。彼は電話の受話器をはずすと、特別警察隊につないで、小声でささやいた。

「こちらはカント街一七七番地、おもての五階、そうです、すぐに来て下さい！　切迫しています。二十四、五名は必要です、少なくとも！」

受話器をかけて、廊下に出て、外套掛けの鏡の前で帽子をかぶった。

閉じこめられた警官たちはカンカンに怒って、ドアを連打した。

「すぐあけろ！　警官を閉じこめるとは何事だ！　あけないと後悔するぞ！」

青年は返事をしなかった。彼は爪先で住居を出て、外からていねいに鍵をかけた。それからエレベーターで地階まで降りて、門番のベルを鳴らした。

「今日は、ザイラーさん」

門番はそう言って、

「どうしましたか？　水道が漏りますか？　それともヒューズでも飛んだですか？」

「そうじゃないんだ、シティーベルさん」

青年はそう言って、門番の胼胝《たこ》だらけの右手に、鍵束を握らせた。

「二、三分したら、特別警察隊が来るんだ。そうしたら、すまないが巡査《おまわり》たちにこの鍵をわたしてくれないか、え？　そうしていちばん奥の部屋を調べろって、言ってくれないか。ピストルを用意しないとあぶないって言ってくれ！」

門番のシティーベルは口をふさいで、鼻をふくらました。

「それからもう一つ」

ザイラー氏はそう言って、

「鍵を返してもらうのを忘れないでくれよ、おい。ぼくはホテルに泊まるのはいやだからね」

青年は行ってしまった。

シティーベルは鍵をポケットに入れて、五階の青年の話を、真に受けていいかどうか迷った。

「若えのに、かわいそうに！　気が狂ったんだな！」

しまいに彼は口の中でこうつぶやいた。

しかし、念のために彼は玄関のホールに立って、万一やって来ないとも限らない特別警察隊の一行を、しんぼう強く待ち受けた。

ベルリンのティーヤガルテンのある邸の前に、大型の、スマートな自動車が止まった。運転手が降りて、サッと扉をあけた。小さな、かわいらしい老紳士が一人、手を添えられながら降りて、愛想よく運転手にうなずいた。それから彼は言った。

「まだ、用があるからね。ここで待っててくれたまえ！」

運転手は敬礼をした。

かわいらしい紳士は邸のほうへ歩いて行った。

下男がひとり、急ぎ足で階段を降り、門を開いて、お辞儀をした。

「変わったことはないね？」

主人は訊いた。

「ハイ、ございません。シタインヘーフェルさま」

下男はそう言って、

「トリュープナーさんは図書室においででございます」

シタインヘーフェル氏はうなずいて、玄関の前の階段をゆっくり登って行った。玄関で、下男は主人の帽子と外套を脱がした。かわいらしい老紳士は、それから玄関のホールを横切って、図書室のドアをあけた。

イレーネ・トリュープナーは、かつてハープスブルクのヨーゼフ二世が腰をかけていた椅子から、あわてて飛び立つと、数日前から待ち構えていたように、わっと泣きだした。

「どうした、どうした！」

シタインヘーフェル氏は驚いて、なよやかな彼の秘書を見上げた。

「どうか、泣かないでください！」

彼女は、

「ハイ」と言ったが、そのあとからまた泣きはじめた。

シタインヘーフェルは彼女を、ヨーゼフ二世の安楽椅子にやさしく押しつけて、自分はその隣にあった床机《しょうぎ》に腰をかけた。

「われわれのホールバインが集団泥棒にねらわれようとは、だれだって思いもつきませんよ。集団泥棒に会《あ》っちゃあたまらない」

彼女はうなずいて、すすり泣きをすると、完全に泣きくずれた。

今まで、精力的な若い淑女としての秘書しか知らなかったシタインヘーフェル氏は、どうしていいかわからなくなった。できれば彼は自分のハンカチを出して、秘書の鼻をかましてやりたいくらいだった。しかしそれはぐあいが悪かった。

「お願いします。わたし、おいとまいただきとうございます」

彼女はどもりながらこう言った。

「しかしあなたがいなくなったら、わたしはどうしたらいいんです？」

彼はびっくりしてこう言った。

「まさかわたしを、そんな目には会わせないでしょうね、あなたは！　わたしはもう年寄です。年をとると、慣れたひとがいないと困るもんでしてね。いや、あなたには暇をあげられませんよ！」

彼女は目を拭いた。

「いただけません？」

「絶対にあげません！」と、彼は叫んだ。「さあ、落ちついて、どんなふうだったのか話して下さい！」

「おとといから始まったんでございます」

彼女はそう言って、

「オテル・ダングルテールで。わたし、ホテルの前に腰をかけて、コーヒーを飲んでおりましたんです……」

ヨアヒム・ザイラーはカント街の、カフェ・ホフマンの前庭に腰をかけ、ピルゼン・ビールの小ジョッキを飲んで、自分の住んでいる、向かい側の家を一心に眺めていた。

「今日は、ザイラー！」と、だれか言った。「なんだってきょうは夢遊病者みたいな顔をしてるんだい？　いったい、どうしたんだい？」

「なんだきみか、シトルーフェ！」

青年はうれしそうに叫んで、

「永久に会わなかったじゃないか！」

「また、そんな大げさなこと言う！」

ルーディ・シトルーフェはこう言って、

「先週の金曜日にここで将棋《チェス》をやって、勝負なしで別れたばかりじゃないか！　これが永遠だったらあさっては世界の末日だよ」

彼は腰をおろした。

「その間、どこへ行ってたんだい？」

「忙しかったんだ」

ザイラーはこう言って、

「きみはどうしてたんだい？　C・モル・シンフォニーはすんだのかい？」

「まだ完成しないんだ」

作曲家はこう言って、ブロンドの長髪を撫でた。

「どうもいい考えが浮かばないんだ、相かわらず。それでバウツェンへ行って来たよ」

「なんのためにまた、バウツェンなんかへ出かけたんだい？」

「昔の余炎さ。彼女がそこの劇場にいるんだ。ところがあいにく彼女に時間がなくってね」

「あっ、そうか、なるほど！」と、ザイラーは言った。

「まさに的中、そうだったんだ！」

シトルーフェはそう言って、

「ところがけさ、ぼくは刑事に引っぱられたんだ！　おい、どう思う？」

「まさか！　まじめな話かい？」

「そうだよ。ぼくがどんな犯罪を犯したと思うんだい？　第一にきみはバウツェンにはいなかった、コペンハーゲンにいたろう、とこう言うんだ。これが発端さ。それに、昔の愛人を訪ねるなんて嘘っぱちだ、イギリスの女王の肖像をかっぱらうために行ったんだろう、ほんとうだよ、そう言うんだ！」

ヨアヒム・ザイラーはこう言って、

「それがもし、全部本当だったら」

「今ごろきみはここにいやしないよ。もっと手厚い保護を受けてるよ」

ずんぐりの作曲家は、おどかすように腕を振りあげた。

「詐欺師がぼくの名をかたったんだ。こんなことってあり得ると思うかい？」

「思わないね」

ザイラーはこう言って、一心に彼の家のほうを見上げた。

「その野郎見つけたら」

シトルーフェ氏はこう言って叫んだ。

「叩き斬って、一寸刻みにしてやるよ！」

「当然そうしてやっていいね」

ザイラーは賛成して言った。

「ちょうどいいあんばいに」

興奮した作曲家はこう言って、

「ぼくは一人の若い娘と、大きな口髭をはやした老人の前に引き出されたんだ。まるでアダムソンみたいなおやじだったよ。ただもっと、ずっと背が高くって、肥ってるんだ。ぼくを見るとその二人が笑いやがったんだ。それでぼくは助かったんだ！」

「その若い淑女っていうのはどんなだった？」

ザイラーはこう言って、

「シャン〔美人〕だったかい？」

「とてもシャンだったよ。しかしシャンだったからって、ぼくの立場がどう変わるんだい？」

それは、あまりにももっともな質問だった。ところでザイラーは、この問に答える義務を免れた。

というのは、往来の向こう側に、特別警察隊の大型バスが二台とまったからであった。バスから警官が大ぜい飛び降りて、アパートの中になだれこんだ。

「きみの住んでいる家じゃないかい？」と、ルーディ・シトルーフェが訊いた。

「そうだよ！」

通行人が立ちどまった。商店の主人たちは往来に出て来た。付近の人たちは窓から顔を出した。一分ごとに騒ぎが大きくなった。一面識もない連中が会話をはじめた。そうでなくともうっとしたこのまちの夏の空気の暑さが、好奇心と恐怖心のために、よけい暑苦しくなった。

「きょうはよくよく警察に縁のある日と見えるな」

作曲家は憂鬱そうにこう言って、

「きみの家には、いつから犯罪者が住んでいるんだい？」

ザイラーは返事もしないで、アパートの入口を見つめていた。

シトルーフェは肩をすくめた。

「まったく、もういなかへ引っ越すんだね。帰りなん、いざ！　どうだい？　羊の群れと、雛菊《ひなぎく》と、純朴な人間に取り囲まれている自然の中へ！」

「バウツェンへ！」

ヨアヒム・ザイラーはこう言って、

「自然のふところへ、でなきゃ、名前を知らないけれどきみのバウツェンの友だちのところへ！」

「ぼくはマジメに言ってるんだよ。文明は芸術を殺すよ」

「卑怯《ひきょう》者！　好い考えが頭に浮かばないからって、何も文化に難癖をつける理由にはならないよ」と、ヨアヒム・ザイラーは断言した。

カント街一七七番地の家の前に群がった群衆が、動揺しだした。群衆は、入口を出てくる警官たちのために道を開いた。いかめしい身なりをした男たちが、ざっと二十人くらい、二人ずつ手錠でつながれて、警官たちに護衛されていた。

囚人たちは二台のバスに押しこめられた。そのあとから警官がよじ登った。バスは走り去った。

それから徐々に群衆が散らばった。

## 17　こんなはずではなかった

くわしい話を聞くために往来の向こう側へ駆けだして行った給仕の一人が、帰って来て、ニュースをまき散らすために、スタンドへ行こうとした。作曲家のシトルーフェは、その給仕の、燕尾服の袖をつかまえた。

「何だったんだい、きみ？」

「集団強盗が一七八番地の地下室から一七七番地へ、地下道を掘って侵入したんです。門番が音を聞いて警察へ知らせたんです。強盗が地下室へもぐるところを片っ端から特別警察隊がつかまえたんです」

「強盗は一七七番地へ何しに来たんだい？」と、ルーディ・シトルーフェは訊いた。

「何しに来たか、そんなことわかるもんですか！」と、給仕は言った。

ヨアヒム・ザイラーは笑った。

「文房具店へ絵はがきでも買いに来たんだろう」

「わけがわからないね」

シトルーフェは長髪をゆすぶって、こう言った。

「なんだって地下室から地下室へトンネルを掘ったんだい？　そんなら直接一七七番地へ行ったって同じじゃないか！　なんだって初めに隣の家へはいったんだい？」

「まっすぐに行ったんじゃ、あんまり簡単だからさ」

ザイラーはこう言ってから考えて、

「気まぐれな人間がいるからね」

給仕は知ったかぶりをして、

「いきなり一七七番地へはいったら、めっかっちゃいますよ」

「そうだ、隣から逃げれば警察の目につかないからね」

「もちろんですよ」

給仕はそう言ってからハッとした。

「それでも、やつらつかまっちゃったんでさ！」

給仕はしばらく考えていた。

「運命とあきらめるほかないですね！　しかし地下室は確かですよ」

「どうして？」

「犯人はえらいかっこうしてましたよ。服を漆喰《しっくい》だらけにして、まるで左官屋みたいでした。論より証拠でさ」

ザイラーは、聞いているのがバカバカしくなった。

〈おれの部屋はさぞかし見ものだろう〉彼はそう思ってあきらめた。〈見に行けなくってしあわせだ〉

給仕はカフェの中に消えたが、すぐにまた出て来た。

「ザイラーさんにお手紙です。たった今受け取ったんだそうです」

ザイラーは封筒を破った。手紙にはこんな文句が書いてあった。

「オレタチハモット早ク出会ウベキダッタ。競争者トシテデハナク、協力者トシテ。タブンマタイツカ。コンドハ貴殿ノホウガウワ手ダッタ。敬意ヲ表ス」

ザイラーは手紙をポケットに入れて、あたりを見まわした。彼は黒めがねをかけた白鬚の紳士を捜したのであった。いなかった。

彼はカフェへはいった。

「おい、ねえさん」彼はスタンドで呼んだ。

「この手紙はだれが持って来たんだ？」

「背の高い、年寄の紳士よ」

「白い鬚を生やした？」

「いいえ、ツルツルに剃ってたわ」

「もちろんそうだ！」と、ザイラーは叫んだ。

「様子つきが学者みたいだったわ」と、バーの女は言った。

「鬚を生やしてたところ見るとよかったんだよ、きみ！　まるで大学そのものといったような顔をしてたよ！」

ザイラーは前庭に走って行って、またシトルーフェの隣に腰をかけた。シトルーフェは大理石のテーブル板の上で作曲をしていた。彼は小さな鉛筆で五本の平行線を引いて、おたまじゃくしを次から次へ書き並べていた。

ザイラーは不機嫌に往来を眺めた。とつぜん彼はギョッとして、シトルーフェの腕をつかんだ。

「邪魔するなよ！」と、シトルーフェは文句を言った。

彼は書きこんだテーマを、そっと静かに口笛で吹きながら、作曲に余念がなかった。まるで運動場で遊んでいる子供のようだった。

「おい！」

ザイラーは作曲家をゆすぶって、言った。

「見ろ、あそこのタクシーの中にスマートな紳士がいるだろう？」

「引越し車のうしろかい？　電車と並んで？」

「そう、そう、タクシーは通れないんだ。しめしめ！　おい聴け！　あの紳士を無事に警視庁に引きわたしてくれたら、きみの額にキッスしてやるよ」

「よしてくれよ！」

「おい、ルーディ、たのむよ！」

「全然知らない紳士を、逮捕させるわけにいくかい、おい！」

「あいつは集団強盗の首魁《かしら》なんだよ！」

「そんなに興味があるんなら、自分でやったらいいじゃないか！」

「ぼくは暇がないんだよ」

ザイラーはそう言って、

「おい、ルーディ、さあ早く！　そうしたら、きみの名前をかたって、コペンハーゲンをうろついてたやつの名前を教えてやるよ！」

作曲家は急に元気づいた。

「ぼくの名前で泥棒をしたやつかい？」

「そうだ、そいつだ！」

ザイラーは両手を握り合わせた。

「さあ、早く行かなきゃだめだよ！　引越し自動車はいつ退くかわからないよ！　そうしたらあいつは行っちゃうよ！」

「きみは、どうしてニセ物のシトルーフェを知ってるんだ？」

ザイラーは顔を寄せて、シトルーフェの耳に何かささやいた。（読者にまだわからないように、わざと彼はささやいたのだった）。

「ああ、そうか。そうしたら、ぼくのニセ物を連れて来てくれるんだね？」

シトルーフェはあわてて訊いた。

「そうだよ！」

「一発くらわせるくらい、そばへ連れてくるか？」

「もっとそばまで連れて来てやるよ！　さあ、早く行けよ。タクシーの番号に気をつけろよ！」

「オクターヴで熱烈《フリオーソ》に！　ってとこだね」

シトルーフェはそう叫ぶと、長髪の上に帽子をかぶせ、通りがかりの空タクシーに合図をして、猛烈な追跡をはじめた。

ザイラーは給仕に勘定を払って、タクシーのたまり場になっている、次の街角《まちかど》まで歩いて行った。彼は先頭の車に腰をかけて、運転手に言った。

「ヨーク街とベル・アリアンスの角まで。急いでくれないか！　遠まわりをしないで。道は知ってる」

イレーネ・トリュープナーは話を終わった。彼女は想像を加えないで、ありのままを話した。隠した点はごくわずかだった。彼女は、ヨーゼフ二世の安楽椅子に黙然と腰をかけて、判決を待っていた。

「ブラボー！」と、シタインヘーフェル氏は言った。

「ブラボー！　うまくやったね！　キュルツ氏に本物をわたさないで、ニセ物をわたしたのはいい思いつきだった。自慢していいよ。ヴァルネミュンデで襲撃をくらったことを、どうしてそんなに苦にするんです！　まっ暗闇のホールにいたんじゃ、いずれにしても、密画《ミニエチュア》はあなたの手から盗まれていましたよ！　どっちみち！　ニセ物のシトルーフェが盗まなければ、集団強盗団がきっと盗んでいましたね。ホールバインは失くなったけれど、それでもあなたの取った処置には、わたしは満足しますよ！」

「あなたはずいぶんご親切でいらっしゃいますわ、シタインヘーフェルさん」

「親切？」

かわいらしい老紳士は、びっくりして訊いた。

「そうじゃありません。わたしは正しくありたいと努めているんです。これはわたしのような年寄には、たいしてむずかしいことじゃないんですよ」

電話が鳴った。

シタインヘーフェル氏は立ち上がって、電話のところへ行った。彼は受話器をとりあげた。皺の寄った顔が、しばらくすると輝いて、

「ほんとうですか？」と、叫んだ。「それはすばらしい！　すぐうかがいます！」

彼は受話器をかけて、振り返った。

「どう思います？　密画が、警視庁にあるそうですよ！」

イレーネ・トリュープナーはしゃがれ声で訊いた。

「そしてシトルーフェさんは？　あのニセ物のシトルーフェさんは？　あのかたもでございますか？」

「いや、泥棒がつかまったんです！」

「でも密画を盗んだのは、泥棒じゃございませんわ！」

「やっぱりそうだったのかもしれませんよ。もうすぐもっとくわしいことがわかるでしょう」

年寄の蒐集家はそう言って、両手を叩いた。

「さあ、出かけよう、出かけよう。行きましょう、トリュープナーさん！」

彼は玄関のドアをあけた。

下男が現われた。

「帽子と外套を！」と、シタインヘーフェル氏が叫んだ。

肉屋の親方キュルツが、家の前にとまったバスによじ登ると、入れ違いに長身の青年が一人、店へはいって来た。

店の奥からキュルツ夫人が出て来た。

「何を差しあげますか？」

紳士はていねいに帽子を脱いで、親方にお目にかかりたいと言った。

「うちじゃなんにも要りませんわ」と、キュルツ夫人は言った。

青年は笑った。

「なんにも買っていただくんじゃないんです！」

「それは失礼いたしました」

キュルツ夫人はそう答えて、

「親方に会いたいっておっしゃるかたは、いつもきまって外交員のかたばかりだもんですから」

「ぼくはそうじゃないんです。すみませんが、ご主人をお呼びになって下さいませんか。ぼくたち知り合いなんです」

彼はもう一度帽子を持ち上げて、クシャクシャと名前を言った。なんと言ったか、自分でさえ聞きとれなかった。

「まあ、あいにくでしたわ」

彼女はこう言って、

「主人はたった今店を出ましたんですよ。何かお言伝《ことづて》でもございましたら？」

青年は決心がつかない様子で、首を振った。

「弱ったですね。直接ご本人にお話ししなきゃ、具合の悪い場合がありますからね。そうじゃないですか？」

「それはそうでござんしょうね」と、彼女は言った。

「すぐにはお帰りになりませんか？」

「さあ、どうでございましょうか？　五分ほど前に電話がかかりましたんですよ」

そう言って、彼女はためらっていた。

「警察からですか？」

キュルツ夫人はびっくりして青年を見た。

「ぼくはヴァルネミュンデの事件のとき、ごいっしょにいたんです。たいへんな騒ぎでしたよ！　ご主人からお聞きになりませんでしたか？」

彼女はうなずいた。

「じつはね」

青年はそう言って、

「それと密接な関係のあることで、ご主人のお耳に入れたら、非常に興味をお持ちになるだろうと思うことを聞いたもんですから」

「電話をおかけになったらいかがです？」

キュルツ夫人はそう言ってすすめた。

「アレキサンダー広場の警視庁にいますわ。奥に電話がございますから」

彼女は親切にうしろを指した。

「いや」

青年はこう言って、

「電話はとかく耳が多いんで。午後からもう一度、出なおしてうかがうのがいちばんいいでしょう」

キュルツ夫人に、しいて反対しそうな気配がないのを見てとると、青年は心配そうに、

「おくれて、間に合わなくならなきゃいいですけどねえ」と、言った。

肉屋のおかみは考えていたが、

「いかがでしょう？　およろしかったら、ここでお待ちになってたら？　もしも時間がおありになるんでしたら」

青年は時計を出して、文字盤を見て、考えていた。

「実はまだいろいろ用事があるんですけど。でも一時間くらいかまいません」

「それはよかったですわ」と、キュルツ夫人は言った。彼女は店のテーブルのうしろに青年を通して、奥の部屋のドアをあけた。

「ここはゴチャゴチャしていますけど。ほんとうの住居は二階なんですの」

「どういたしまして。なかなか感じのいいお部屋ですよ」と、青年は言った。

「とんでもございませんわ。でも、しょうがないんですの。一日お店に立って、いらっしゃりもしないお客さんを、お待ちしてるわけにもまいりませんしね。足のぐあいが悪くな

ってから、全然お店に立っていられないもんですから！」

彼は腰をおろして、キュルツ夫人から、足の痛みについてくわしい話を聞いた。彼女は説明を惜しまなかった。しかしあんまり説明が詳しくなるので、彼は途中で話をさえぎった。

「きょうはどなたかの誕生日なんですか？　お菓子の焼ける匂いがしますね！」

彼女は満足そうにほほえんだ。

「オスカルのためなんですの。オスカルが帰ったので大急ぎで、桜桃入りのお菓子を焼いたんですよ。そうして今晩は、うちの子供たちと婿たちと嫁たちが全部、めいめい子供たちを連れて参りますの！　お祭ですわ。約二十人くらい」

「片すみの幸福っていうやつですね！」

そう言って、彼は部屋の中を見まわした。

「ここはとても気持のいい部屋じゃありませんか！」

彼の目は皮のソファの上にピタリと止まった。

「これは主人がコペンハーゲンから持って帰ったんですよ」

彼女はそう言って、

「わたし、この絵は下品だと思うんですけど。からだにつけてるものが、まじめな女らしくございませんわ。そうケチケチしなきゃならないほど、お高い布じゃありませんわ！
それに、この絵は本物じゃないんですの」

それから青年はアン・ブーリンの周囲にかかっている、額縁入りの家族の写真を、興味深そうに眺めた。

肉屋のおかみは、写真に写っている人物の名前で、彼を砲撃した。キュルツ家の一族が、青年の頭の上に降って来た。

そのとき店のベルが鳴った。

「お客さんです」

キュルツ夫人はそう言って、

「ちょっと行って参ります。ご退屈ですわね！」

彼はテーブルの上の新聞をとった。それは「全国屠殺業新聞」だった。

「いや、大丈夫、退屈しません」

「どうかご自分の家にいらっしゃると思って」と、彼女は言った。

「ええ、そうします」と、彼は言った。

彼女は糊のついた白い前かけの皺を伸ばして、店へ消えた。

シタインヘーフェル氏と、イレーネ・トリュープナーと、肉屋の親方キュルツは、一人の警部補に案内されて、警部の部屋に連れて行かれた。——部屋の中はあふれるばかり、人でいっぱいだった。真剣な目つきをした男たちが、ほとんど二十四、五人近く、壁のそばに立っていた。男たちは二人ずつ、手錠をはめられていた。

警部は新来の客にあいさつをした。警部は上機嫌だった。

「どうかご寛容を願います」

警部はそう言って、

「お客さんが来ていまして。この連中を連れて行かせる前に、お会いになっていただきたいと思ったもんですから」

彼はトリュープナー嬢とキュルツ氏のほうにむかって、

「世の中は狭いですよ。きっと知った顔にお会いになると思うんですが」

トリュープナー嬢は遠慮していた。オスカル・キュルツは傲然《ごうぜん》と、山賊たちの前に両足を広げて、仔細に彼らを検分した。まず目にはいったのは、まっ赤な鼻をした、フィリップ・アハテル氏のアル中面《づら》であった。それから耳のずり上がって、おっ立った、小柄なシトルム氏がいた。デンマークの連絡船で、二度目の税関検査があると教えた、車室のすみの不愉快な男がいた。ニセ物の税関吏までいた！　それから同じ車室にいたほかの乗客の顔を、キュルツはいくつか認めた。彼は机のほうを振り向いて、言った。

「警部さん、まったく世の中は狭いですな！　場所もあろうに、ここでまたこの連中にお目にかからにゃならんとは、残念です。わっしゃあ森の中で会いたかったです。へえ。そうすりゃ、もっとざっくばらんに話ができますでな」

「おい、キュルツさん！」と、シトルムは言った。「あんた、そんなへんな言い方するもんじゃねえよ！」

「だまってろ！」と、警部補がどなった。

キュルツは一歩うしろへ下がった。

「だまってろとはどういうわけです？」

彼はムッとして訊いた。

「あんたはいいんですよ！」

フィリップ・アハテルはこう言って、

「お役人さんは、わっしたちのことを言ったんです！」

「連れて行ってよろしい！」と、警部は命令した。

「やっとのことで」

カルステンはこう言って、

「おれたちゃ、なにも見世物に来てるんじゃねえからな！」

「出ろ！」と、警部はどなった。

ドアがあいた。ローシトックのスカート倶楽部員たちは、未決監に引率されて行った。

警部は窓をあけて、胸いっぱいに息を吸いこんだ。それから彼は机に戻って、シタインヘーフェル氏に小さな包をわたした。

「盗まれた密画です」と、警部はもったいぶって言った。

「こう早くお返しができると愉快です。早くもらえば値うちが二倍、と言いますからね」

シタインヘーフェル氏は感激しながら、その貴重な包を受け取った。

「ありがとうござんす、警部さん！」

シタインヘーフェル氏は包を解いた。小さな木の箱が出て来た。

「ホールバインが、どうしてあの一味の手にはいったか、ご説明願えませんか？　この包はルーディ・シトルーフェの偽名を使っていた、青年が盗んだのだと思っていましたが」

警部はぐあいが悪そうに肩をすくめた。

「約一時間ほど前に、カント街から特別警察隊に通知がありました。そこへ行ってみると、一味がいたんです。そこの主人が、泥棒を自分の部屋に押しこめて、どこかへいなくなっちまったんです」

「そりゃあ傑作だ」

シタインヘーフェル氏はそう言って、

「その頭の良い主人が、おそらく、ニセ者のシトルーフェだ、というわけですか？　それとも？」

彼は木箱を開いた。

「ご説のとおりかもしれません」

警部はそう言って、

「アパートの借り主は、とにかくヨアヒム・ザイラーというんですがね。それがニセ物のシトルーフェかどうかは、まだわからないんです。いずれ調査しますが」

「わたしわかりませんわ」

イレーネ・トリュープナーはこう言って、

「もしそのザイラーさんが泥棒でしたら、一味を閉じこめたあとで、密画を持ち出しそうなもんですわ！」

「もしあんたのおっしゃるザイラーが、わっしたちのシトルーフェだとしたら」と、オスカル・キュルツは言った。

「わっしゃあローシトックの警部さんに言ったことをまた繰り返して申し上げます——わ

っしたちのシトルーフェは、けっして泥棒じゃねえです！」

「それじゃあ何ですか？」と、ベルリンの警部は訊いた。

その間に年寄の蒐集家は、まるで家庭医が患者を診察するように、ポケットから虫めがねを出して、密画を調べた。

警部は立ち上がった。

「いかがです？」

彼はそう言って、

「ご満足ですか？」

シタインヘーフェル氏は椅子によりかかった。

「いや、完全にとは申せませんよ、警部さん。あなたがご親切におわたしくだすったのは、本物のホールバインじゃありません。模写《イミテーション》です！」

## 18　動力化した紙撒き遊び

警部も客もしばらくことばが出なかった。彼らは完全にどうしていいのかわからず、あまりの思いがけなさに、顔を見合わせて呆然としていた。

最初に口を開いたのは警部だった。

「模写《イミテーション》ですって？　たしかに間違いじゃないでしょうね、シタインヘーフェルさん？」

「間違いじゃありません」

蒐集家はこう答えて、

「このほうの鑑定では、わたし以上に確かな人間は一人もいません。これは誇張じゃありません！」

彼は、ホールバインの模写をビロード張りの木箱に戻して、その箱を机の上に置いた。

肉屋の親方キュルツは興奮して、大きなモシャモシャの口髭を引っぱった。

「おかしいですな！　警察といっしょにわっしらは泥棒を追っかけ、泥棒は一人の青年を追っかけたですな！　ところが、青年は本物の密画《ミニエチュア》を盗まねえで、模写のほうをかっぱらったちゅうわけです！」

「わたしわかりませんわ」

イレーネ・トリュープナーはこう言って、

「あの密画は、わたしのハンドバッグから盗まれたんです。ダンスホールの灯がついたときは、わたしのハンドバッグはからっぽでしたわ」

「あるいはあなたが思い違いをしていらっしゃるんじゃないんですか？」

警部はそう言って、

「泥棒が来る前からハンドバッグにはいっていたのは本物じゃなくって、ニセ物だったんじゃないんですか？」

「そんなことありませんわ」

若い淑女はこう言って、

「絶対にそんなことありませんわ！　模写は泥棒が返して来たばかりですわ。暗くなったときには、まだキュルツさんの前のテーブルに載ってたんですもの！」

「たしかにそうでした」

肉屋の親方は請け合うようにそう言って、

「あの無礼な手紙といっしょに、ちゃんと載っとったです」

「どうも、こりゃ判じ物みたいですな」

警部はこう言って、

「シタインヘーフェルさん、模写がいくつもあるということは考えられますか？」

「いや、考えられません」

「それでは」

　警部はそう言って、

「答は一つしかないです！　つまりですな、われわれが今まで本物だと思っていた密画が模写だとすれば、必然的に、あなたがたが今模写だと思っていらっしゃる、もう一つのほうが本物だということになります！　トリュープナーさん、もう一つの密画は今どこにあります？」

　トリュープナー嬢の唇は蒼くなって、震えていた。

「わたし、キュルッさんがいろいろご親切にして下すったもんですから、差しあげたんですの。シタインヘーフェルさんには、きっとご異存がないだろうと思ったもんですから」

　シタインヘーフェル氏はテーブルの上の木箱を指した。

「本物の模写のほうは、そりゃあもう、心から喜んでキュルッさんに記念に進呈いたしますよ。ところで、キュルッさん、わたしの秘書が差しあげた密画、いま本物だとわかったほうの密画は、あなたどうなさいました？」

　肉屋の親方は膝を叩いた。

「こいつはこっけいだ！」

　彼はカラカラと笑いだした。

「密画はどこにあるんです！」と、警部がイライラして訊いた。

「わっしの店に続いた部屋にひっかかっとるです！」

キュルツは愉快そうに叫んだ。

「古い、ソファの上に。家族たちの写真といっしょになって！」

あとの者はホッとした。

「うちのソファの上に五十万マークぶら下がってると聞いたら、エミリエのやつ目えまわすですよ。かかあのやつ密画を見て、なんて言ったとお思いです？」

キュルツはわざと間を置いて、

「かかあのやつぁ言いやがったです。板チョコ一枚のほうがわたしうれしいわって！」

ほかの連中はおつきあいに微笑《わら》った。

「それでまあ、よかったです！」

警部はそう言って、

「わたしは心配しましたよ。キュルツさんはその五十万マークを、汽車の中へ忘れていらしたんじゃないかと思って」

「ご冗談でしょう」

キュルツはそう言って、

「イレーネさんの贈り物を、忘れたりなんかしねえです！　そんなことしたら罰《ばち》が当たるです」

「キュルツさん」

警部はこう言って頼んだ。

「すみませんが、奥さんにちょっと電話をおかけになって下さい！　すぐに警官を二、三人やりますから、そのおみやげをわたしていただくように、おっしゃって下さい！　代わりに板チョコをいくつか持たしてやりますから」

「承知しました」と、キュルツは言った。

彼は電話のほうへ歩いて行った。

「しかし、お願いですが、私服をやっていただけねえでしょうか。そうでねえとヨーク街じゃ、キュルツが警察へ引っぱられたと思いますでな」

「ようござんすとも、ご希望どおりにします！」

肉屋の親方は番号をまわして、電話のつながるのを待っている間にトリュープナー嬢のほうに目くばせをした。

「トリュープナーさん」彼は上機嫌でこう言った。

「パパ・キュルツがついていたんで、よかったですよ、な！」

電話口にだれか出た。

「ハロー！」と、キュルツは叫んだ。「エミリエかい？　そう、わっしゃあ、まだ警視庁におるだがね、よく聴いてくれ！　驚いちゃいけねえ！　じつは今二、三人警察のだんながたがそこへ見えるでな、いや、いや、そうじゃねえ、おまえを連れて行くんじゃねえ。密画だよ！　わかるか？　密画！　何？　バカヤロ、わっしが旅行から持って帰った小さな絵だ！　ソファの上にぶら下がっとる！　わっしの言っとることはわかったか？　そう、そう、あれだ！」

　それからしばらくは、電話から何も聞こえて来なかったが、やがて滔々《とうとう》とことばの洪水が流れはじめた。

　とつぜんオスカル・キュルツ氏は、机の上にドシンと手を突いた。それから放心したように、受話器をガチャリとかけ、警部とほかの連中をじっと見つめて、額に手をやった。それからヨタヨタと椅子に戻って、どっかと腰を落とした。

「どうなすったの？」と、トリュープナー嬢が心配して訊いた。

「わっしの密画も失くなっとるです」と、彼は小声で言った。

　警部は飛び上がった。

「どうしたんでしょう、キュルツさん？」

「全然わからねえです！」

キュルツは狂乱したように、そう言って、

「若え男が訪ねて来て、わっしにぜひとも会いてえと言ったそうです。エミリエが奥の部屋に通して、わっしの帰るのをそこで待っててくれって、言ったちゅうです。そのとき店に客が来て、かかあは表へ出て行ったです。それから、部屋へ帰ってみると、若え男はもう、おらなんだちゅうです。かかあは、もちろん、ながくなったで帰っちまったと思って、別段気にとめなかったそうです。いまわっしが、電話をかけたので初めて、密画がソファの上にかかってねえのに気がついたんです！　その野郎はあっさり釘からはずして、廊下のドアから消えちまやがったんです！」

「またこの青年だ！」

警部は夢中でこう言って唸ると、大きな大工の鉛筆を紙屑籠の中に怒って投げつけた。

シタインヘーフェル氏は悲しそうに笑った。

「わたしはそういう抜け目のない、達者な青年は、本来非常に好きなんですが、しかしこの青年はどうも少し達者すぎますね！」

警部は顔をあげた。

「ヴァルネミュンデの事件のあとで、うっかり模写を盗んだことに気がついたにちがいないです。だから一味を部屋の中に閉じこめたときに、密画もいっしょに残しといたんですよ。そのために彼は二つのことに成功したわけです。彼は競争者を追っぱらったです。それから模写を、しばらくの間は本物と思わせておくことができます。これで彼はまた一歩先んじたわけです！　彼はキュルツさんの奥さんのところへ行って、たいした値うちのあるものとも思わず、無造作に壁にかけてある本物を、悠々と盗み出したんです」

「しかし、この……この青年はどうして知ったんでしょう？」

トリュープナー嬢はこう訊いて、

「もう一つの密画がキュルツさんのおうちにあるってことを？　わたしがキュルツさんに、模写だと思ってたほうを差しあげたときには、あの青年はとっくにもう、ヴァルネミュンデにはいませんでしたわ！　わたしどうしてもほんとうにできませんわ、何もかも！」

警部は手をあげて、彼女の反対を抑えた。

「ただ当てずっぽうにやってみたんですよ。どっかにもう一つの密画がなきゃならんですからね。それにあなたは、こういうことを忘れちゃならないです。悪人というものは、とかく善人よりも運が好いものだっていうことを」

肉屋の親方キュルツは口の中で言った。

「また理論だ、いつでも！」

それから彼は、あらためてまた憂鬱な思いに沈んだ。

「わたしの秘書の言ったことにも、たしかに一理あります」

シタインヘーフェル氏はこう言って、

「われわれには、まだ全部がわかっていないようですね」

「理論だ」

パパ・キュルッツはつぶやいた。

「ただの理論《セオリー》です」

とつぜんキュルッツは立ち上がって、蒐集家の前に歩いて行った。

「しかし一つだけ確かです！ 密画が失くなったことだけは！ シタインヘーフェルさん、わっしゃあ、五十万マークあんたに弁償する義務があるです！ なんにもおっしゃらんで、どうか！ わっしゃあ、銀行に六千マーク預金があるです。これをあんたに差しあげます。それから、わっしの店も差しあげます。店ははやってます。営業状態はいいです。わっしゃあかかあを連れて、子供のとこへ行きます」

「冗談じゃありませんよ！」

かわいらしい蒐集家の老人はこう叫んで、さえぎるように両手をあげた。

「わたしが肉屋の店をもらってどうするんです？」

「そいつぁわっしの知ったこっちゃねえです！」

キュルツはこう言って、

「店をお売りになりゃあいいです！　わっしゃあ今まで、一ぺんも借金したこたあねえです。わっしゃあ一生それで通してえです。ぜひとも必要なもの以外は、ズボンのボタン一つ持ってても、わっしゃあ気がすまんです。わっしの持ってるものは全部、きょうからあんたのもんです。洋服の二、三着だけは置いとかしていただきてえですが。どっちみちこりゃあ、あんたにはからだに合わんだで。あとで書類を書きます」

彼はまた腰をおろして、震える指でケースから葉巻を取り出した。

「あなたは正気じゃないですよ」

シタインヘーフェル氏はそう言って、

「第一、あなたはご自分では、模写をもらったと思っていらしたんですよ。それから、本物はまだこれからわれわれは取り戻しますよ！　ねえ、警部さん？」

「もちろんですとも！」と、警部は自信がなさそうに言った。

「あんたはご自分でも、本気で戻ってくるたあ思っておられんでしょう」

オスカル・キュルツはそう言って、

「この青年がほんとうに悪いやつだったら、あんたは永久に、あんたのホールバインにゃお目にかかれんです！　わっしゃあ首をさしあげます！」

「あなたは警察をあまり信用なさらないと見えますね」と、警部は言った。オスカル・キュルツは警部の抗議を全然耳にとめていなかった。彼はしきりと思案しながら、蒐集家を見てうなずいた。

「あとで書類を書きます」

彼は真剣な顔で、もう一度そう言った。

作曲家のシトルーフェは、もう一時間以上、鬚のない紳士のあとを追跡していた！　二人の運転手たちは、それがただの散歩《ドライブ》でないことに、まもなく気がついた。特に一人のほうは、恐ろしいほどそれがはっきりした。というのは、なんのために大通りや裏通りをこんなにあっちこっち、やたらに駆けまわるのか、訊こうと思って、車を止めようとすると、紳士がポケットからピストルを出し、安全装置をはずして、運転手の皮の上着に押し当てたのが鏡に映った。誤解の余地はまったくなかった！

人生の重大な瞬間においては、ことばなどというものは全然不要なものである。——運転手は訊くのをやめて、いよいよカッ飛ばす決心をした。彼は加速機《アクセル》を踏んで、次の街角を曲がった。

最初の車のあとを追っていたタクシーは、それに比べるといくらかのんびりしていた。

作曲家のシトルーフェは、あっちこっちのポケットを探って、やっと一枚の楽譜用紙を見つけた。彼はその紙を小さくちぎって、一枚一枚の紙片《かみきれ》に、ちびた鉛筆で大急ぎでなぐり書きをした。どの紙片も文句は同じだった。

「1A32875のタクシーをすぐに止めろ！　乗っている客は手配中の強盗！　ホールバインの密画《ミニエチュア》事件！」

交通巡査のそばを通り過ぎるごとに、シトルーフェは一枚ずつその紙片を投げつけた。シタイン広場の巡査がその紙片を巡回中の警官に渡した。警官は管内の警察に急報した。署長は警視庁に問い合わせた。係の警部は必要な指令を発した。かくていくばくもたたないうちに、多数のオートバイが1A32875のタクシーを求めて、ベルリンの西部を疾走しはじめた。

ゲデヒトニス教会のそばで、ホルン教授は最初のオートバイに気がついた。警官のオートバイはランケ街でとまった。サイドカーに乗っていた警官が、タクシーを指さした。

「走れ！」と、ホルン教授は叫んだ。

「赤信号です」と、運転手が答えた。

ホルン教授はピストルを上げた。タクシーは赤信号を無視して、タウエンチェン街につっ走った。

ルーディ・シトルーフェは車の中で飛び上がった。

「あとを追うんだ！」

彼は夢中で叫んだ。

「あとを追うんだ！」

追跡がつづいた。

二台のタクシーのすぐ後を、警官のオートバイがつづいた。

警笛が吠えたてた。

通行人はびっくりして、ただごとならぬ騎馬行列の後を見送った。自家用車が速度を速めてその後にまた追いつこうとした。往来が興奮状態を呈しはじめた。

ＫＤＷ百貨店の前で先頭のタクシーが止まった。乗客は飛び出すと、大股《おおまた》で百貨店の入口へ駆けこんだ。二台目のタクシーも同時にブレーキをかけた。ルーディ・シトルーフェは、

「ここで待っててくれ！」と叫んで、逃げこんだ紳士のあとを追った。

入口でシトルーフェは、たった今オートバイを降りた警官たちとぶつかった。

「来て下さい！」

作曲家はこう言って、群がる客の中へしゃにむに飛びこんだ。

ホルン教授の姿は見えなかった。

「出口を全部ふさがして下さい！」

シトルーフェはそう言って、階段へ急いだ。

シタイン広場の警察から電話がかかって、1A32875のタクシーに関する紙片の文句の知らせがあったのは、ちょうど訪問者たちが引きあげようとしていたときだった。

警部は必要な手配をした。オートバイが出動して、市外に通ずる大通りは閉鎖された。さしあたり取った手段はそれだけだった。

「ことによるとうまく行くかもしれません」

三人の訪問者たちは、そこでまた椅子に腰をおろして、一生懸命電話を見つめた。

警部はこう言って、

「うまく行くと、青年もつかまるかもしれません！」

「しかし、そのタクシーを追っかけてるのは、いったい何者でしょうな？」

蒐集家は疑うようにこう言って、

「だれでしょうな、変な〈紙撒《ま》き遊び〉をやってる男は？」

警部は肩をすくめた。

「見当がつきません。あるいは競争者が、相手を警察に引き渡そうと思っているのかもしれません。あるいはまた共犯者が、われわれの目をくらますために、いいかげんな手がかりを与えようと思っているのかもしれません。こいつはなんともわかりませんね」

肉屋の親方キュルッツは言った。

「あの若者のことだで、きっと自分で紙片を撒いたにちげえねえです。またわっしらをかつごうと思っとるだ！　タクシーをつかまえたって、きっと客の乗っておらん空車か、でなきゃ全然なんでもねえ、まともな人間か、どっちかでさあ！――わっしらは文句はいえねえですよ！　正直そうな面を見て信用したわっしらが、阿呆だったんでさ。こんだあ勘定書をつきつけて来やがったんです」

彼は大きな手で頭をかかえた。

「悪いやつだ！　あいつのおかげでわっしゃあ、二日間に五ポンド目方が減っちまったです。見て下さい、このとおり！」

彼はチョッキを引っぱった。

「少なくとも五ポンド！　そのうえ、わっしを破産させやがった！」

シタインヘーフェル氏が微笑《わら》った。

「あなたはまだ、わたしに肉屋を相続させるつもりですか？」

「わっしの店はあんたのもんです」

パパ・キュルッはこう言って、

「それからわっしの銀行預金も！　どうなりとも、してえようになすっていただくです！　わっしゃあもう文無しです！　わっしゃあ、エミリエといっしょに子供のとこへ行って、店の手伝いをやるです」

電話が鳴った。

みんなは電話に出た警部を見つめて、手に汗を握った。タクシーが見つかったのだろうか？　泥棒がつかまったのだろうか？

「キュルツさん、あなたです」と、警部が言った。

キュルツは受話器を握った。

「どうしたんだ？」

とつぜんキュルツは、首から上をまっ赤にして、

「いや、まだ帰らねえ！」と、叫んで、受話器をガチャリとレストに投げた。

ほかの者は、どうしたのかと思って、キュルツを見た。

「バカなやつでさ！」

キュルツはこう言って、

「五十万マークが返るか返らねえかで騒いでるのに、かかあのやつぁ、もうじき晩御飯に帰るかなんて言っとるです！」

ノックの音がした。

警部補が一人はいって来て気をつけの姿勢をとった。

「シタインヘーフェルさんにお手紙です！　たった今受け取りました」

蒐集家は手紙を受け取った。警部補は帰って行った。――シタインヘーフェル氏は、封筒を開いて手紙を読むと、だまって警部にわたした。警部は読むと、イレーネ・トリュープナーにわたした。

「おや！」

オスカル・キュルツはこう叫んで、

「この字は見覚えがあるです！　このへたな字で、泥棒は青年に手紙をよこしたです、連絡船の上で。そのあとでわっしにもよこしたです。ニセ物の密画をわっしに返してよこしたときです。ヴァルネミュンデで、ゆうべ」

キュルツは警部のほうを向いて、

「やつらはどうしてまだ手紙が書けるですか？　やつらは監禁してあるんじゃなかったですか？」

「わたしたちが捕えたのは一部分だけです」と、警部は言った。

イレーネ・トリュープナーはうなずいた。

「この手紙はたぶん、黒めがねの、白い鬚の紳士がよこしたんだろうと思いますわ。わたし、あの紳士が首魁《かしら》のような気がしてならないんですの」

「そこで、どうしたもんでしょう？」と、シタインヘーフェル氏は訊いた。

警部はベルを押した。

「むろん、行かなきゃなりません。その前に私服の刑事たちをやりましょう。われわれがはいる前に、その家のぐるりに張りこませることにしましょう」

警部補が現われた。警部は必要な命令を与えた。それから彼は向きなおって言った。

「われわれは参りましょう！　虎穴《こけつ》にはいりましょう！」

一同は出発した。

あとのテーブルに手紙が残されていた。手紙には次のような文句が書いてあった。

「ホールバイン盗難事件ノ関係者ハボイスト街12aニオイデ下サレタシ」

KDW百貨店の出入口は全部閉鎖された。門の前には警官たちが立って、殺到する通行人を喰い止めていた。門のうしろにも、同じように警官が立っていた。警官たちは、百貨店から出ようとして、押し寄せて来る群衆を鎮めていた。まるで飼料を与える前の動物園のような騒ぎだった。

作曲家のシトルーフェは五、六人の警官を従えて、あらゆる階段を上り、廊下と、通路と、倉庫を、くまなく駆けまわった。すべての係の主任たちが、係員たちといっしょになって、あらゆるすみずみや戸棚の中を捜しまわった。彼らは懐中電灯で陳列台の下を照らして見た。あらゆるカーテンのうしろを叩いてみた。エレベーターは止められていた。エレベーター・ボーイと荷造人たちは地下室に降りて行って、重なっている板を一枚一枚除《の》けて見た。

ホルン教授は姿を消したままだった。

百貨店の中に閉じこめられた群衆が、だんだん騒ぎはじめた。ルードルフ・シトルーフェ氏の後につづく警官たちも、だんだんくたびれてきた。先頭に立って案内するずんぐりの紳士を、警官たちはしだいに不信の目で眺めはじめた。

このとき百貨店の前に立っていた通行人の中に、六歳ばかりの女の子が一人まじっていなかったとしたら、百貨店の騒ぎはどんなことになったかわからない！　名前をマリーヘンと呼ぶこの女の子が、母親とアンスバッハ街に立っていた。母親はまわりに立っている群衆とあらゆる想像を交換し合っていた。ところが、この女の子は大人の騒ぎをよそに、ショーウィンドーを眺めていた。

そのうちに不意に女の子が大きな声で、興奮して言った。

「ママ、見てごらん、ほら！　あの大きなお人形、目をパチパチッとさせたわよ！」

マリーヘンのことばを聞いた大人たちは、号令がかかったように、すぐそばの大きなショーウィンドーを見た。

ショーウィンドーのまん中に、外套、ショール、帽子、ピジャマ、ワイシャツなどの間にまじって、瀟洒《しょうしゃ》な身なりをしたマネキン人形が一人腰をかけていた。きれいに髭を剃った上品な紳士……

「アラ、人間だわ！」

かん高に一人が叫んだ。

## 19　キューレヴァイン氏は蒼くなる

警察の自動車がボイスト街12ａの前にとまったとき、乗客たちはまず目を見張った。

「保険会社の宮殿が、いったい、いつから集団強盗の根城になったんでしょう？」と、警部は言った。

警部はまず自動車を降りて、トリュープナー嬢と二人の紳士が降りるのを手伝った。

「最近の流行ですよ」と、キュルツは澄ました顔で言った。

シタインヘーフェル氏はためらった。

「番地を間違えたんじゃないでしょうかな？」

イレーネ・トリュープナーはすばやく主人のそばへ近寄った。

「この間コペンハーゲンで、密画《ミニエチュア》に保険をつけたのはこの会社の代理店ですわ！」

警部はすでに出て来た門衛の一人と話をしていたが、やがて足早に引き返してくると、

「社長がわれわれを待っているそうです。門衛は二階に案内するように、言いつかってるそうです」と言った。

警部は笑って、

「この家を取り巻いている部下は、もう帰してもいいでしょうな？」

「とんでもねえ、まだそりゃあ早いです！」

キュルツはこう言って、

「またどんなペテンに引っかかるか、わからんですよ！　ことによると、わっしらを罠《わな》にかけようちゅう魂胆かもしれんです。社長も、門衛も、泥棒が変装しとるかもしれん！

もうしばらく、歩哨をたてたままにしていただきてえです！」

「じゃあ、そうしましょう」

警部はこう言って、先に立った。三人はためらいながら後につづいた。社員の一人が二階に案内して、設備のぜいたくな応接室に導いた。

まもなく〈ベロリーナ〉の社長キューレヴァイン氏が現われた。社長は非常に堂々とした、スマートな紳士だった。彼は四人の客と初対面のあいさつをしたあとで、有名な美術品の蒐集家シタインヘーフェルを自分の会社に迎えたことを、繰り返し強調して、ひどくよろこんだ。

相当たっぷり愛嬌《あいきょう》を振りまいたあとで、社長は腰をおろして、勢いよくベルを押した。それから彼はあらためて蒐集家のほうを向いた。

「じつはあなたさまとの契約については、だいたいの輪郭しか存じていないんでございます。どうも仕事が山積しているもんでございますから。たしか密画の件でございましたね、コペンハーゲンで六十万クローネでお手にお入れになって、わたくしどものデンマークの代理店クリステンゼンに、五十万マークの保険をおかけ下すったんでしたな。一時ちょっとご心配なすったとか、そんなことをうかがったように思います」

客は唖然として、驚いたように目を見合わせた。年寄の、かわいらしいシタインヘーフェル氏が、いちばん先に落ちつきを取り戻した。

「心配してたとおっしゃるんですか？　どういたしまして、キューレヴァインさん！　わたしはまだ心配中なんですよ！　非常に心配しているんですよ！」

社長はなんのことだかわからなかった。

「それはまたどうしてでございますか？」

社長がベルを鳴らすと、呼ばれた社員がはいって来て、頭を下げた。

「うちの番頭です」

キューレヴァイン氏は説明して、

「クラップロート君、貴重品室の鍵だ。すまないけど、コペンハーゲンの密画のはいっている箱を持って来てくれないか」

番頭のクラップロートは、貴重品室の鍵を受け取って部屋を出た。

「こりゃあ驚いた！」と、オスカル・キュルツが叫んだ。

シタインヘーフェル氏は興奮して、カフスを引っぱった。

「取り乱して、お許し下さい、キューレヴァインさん、しかしあなたが貴重品室にお持ちになっていらっしゃるという密画は、一時間ほど前にキュルツさんの家から盗み出されたんです！」

「そうです」

キュルツはそう言って、

「店のソファの上にかかっとったんです」

トリュープナー嬢がそのあとを補って言った。

「じつはそれを模写だと思ってたもんでございますから。しかしそれは思い違いだったんでございます」

社長のキューレヴァイン氏はまるで、うっかりピストルと鞭《むち》を持つことを忘れて、檻《おり》の中へはいった猛獣使いが、虎を見るようなまなざしで、三人の客を眺めた。

このとき警官が口を出して、言った。

「現にいま、警察のオートバイが二十四台出動して、一台のタクシーをベルリンじゅう捜しまわっているんです。そのタクシーに泥棒が乗って、ホールバインを持って逃げようとしているらしいので！」

「それはとんでもない話です！」と、社長は叫んだ。

「わたくしは保証いたします。（このことばは彼の代理店時代からの口癖だった）わたくしは保証します。密画は盗まれちゃおりません。無事に、ちゃんとうちの貴重品室にはいっています。いま、すぐにシタインヘーフェルさんにお渡しいたします！」

「たしかに間違いねえですかな？」と、キュルツ氏は訊いた。

「たしかに間違いございません！」

そう言ったあとで社長は、急に不安になった。

「いまご婦人のかたが模写とおっしゃいましたが、わたしたちのところにあるのが、そうすると、模写でございましょうか？」

「いや」

シタインヘーフェル氏はそう言って、ポケットから小さな箱を取り出した。

「模写は、このとおりここにあるんです」

そのとき、番頭のクラップロート氏がまた現われて、命じられた箱と貴重品室の鍵を社長にわたした。

ほかの連中は完全に魔法にかけられて、呆然と気味の悪い小箱を見つめた。

「どうかお調べになって下さい！」

キューレヴァイン氏は荘重な手つきで、それを蒐集家にわたした。

蒐集家は急いで包の紐を解き、木箱を出して蓋をあけた。

「密画だわ！」

トリュープナー嬢は小声でそう言った。

「ほんと！」

蒐集家はポケットから虫めがねを出して、簡単に密画を検査すると、椅子によりかかってつぶやいた。

「信じられません！　本物です！」

「いかがです！」

社長はこう言うと、番頭のほうをむいて、わらいながら言った。

「お客さんたちは、ほんとうになさらなかったんだよ、きみ。この包は一時間ほど前に盗まれて、泥棒はいま、密画を持ってタクシーで逃亡中だとおっしゃってたんだ」

「クラップロート君、この包はうちの貴重品室で、いつからご主人を待っていたんだい、きみ？」

「約三十分前からでございます」

番頭は頭を下げて、小声でこう答えた。

〈ベロリーナ〉の社長はびっくりして飛び上がった。

「なんだって？　たった三十分前から？　この仕事をやってた者をすぐよこしたまえ！」

番頭のクラップロートは急いで部屋を出た。

キューレヴァイン氏は、床をいっぱいに覆《おお》っている、大きな、柔らかい絨毯《じゅうたん》の上を、気が狂ったように歩きまわって、ドアをにらみつけた。

「ごめんください、どうもすっかり……」

「へんなことになっちまったですな」と、肉屋の親方がそばから言い添えた。

社長はかすかに苦笑をした。

「まったく！　二十分ばかり前に、シタインヘーフェルさんが、密画をとりにおいでになるってことを聞いたんでございますよ。わたくしは、警部さんとごいっしょにいらしたのを見て、ちょっと意外な気がしたんでございます。しかしこの分では、まだまだきょうはもっと意外なことに出くわしそうです」

「神のみ心のままになさせ給え！」

キュルッはこう言って、

「それにあんた独りじゃねえです。わっしたちもごいっしょにいるです。まあ今のうちに早く腰をおかけになって下さい、社長さん！　腰をおかけになっても大丈夫ですよ！」

それからキュルッはトリュープナー嬢のほうをむいて、

「わっしゃあボッとして、何がなんだかちっともわからねえです。こりゃ確かに、本物にちげえねえですか？　それとも新しい理論《セオリー》ちゅうやつですか？」

「これは本物です」と、シタインヘーフェル氏が言った。「今までのところ、確かなことといったら、これだけです」

ドアがあいた。一人の青年が部屋にはいって来た。

「副支配人です」

キューレヴァイン氏は不機嫌そうに、そう言って、

「詳細はこのひとが知っています」

詳細を知っている青年は一礼して、近寄った。

それはヨアヒム・ザイラー氏だった。

キュルツ老人がどういうわけで飛び上がって、アメリカインディアンのように青年に躍りかかったか、そのわけを知っていた者は、イレーネ・トリュープナー以外に一人もいなかった。

椅子がひっくり返った。キュルツは「バンザーイ！」と叫んで、〈ベロリーナ〉の副支配人を胸に抱いた。

「やあ、バンザイ！」と、キュルツはどなった。

「いっぱい食わしたなあ！　悪いひとだぜ、あんたは！」

キュルツは抑えきれないように笑った。

「わっしゃあすぐ言ったんだ。あんたはほんとうの泥棒じゃねえと！」

それから得意そうに振り返って、彼は荘重な身ぶりでザイラーを指した。

「このひとですよ、皆さん、へえ、このひとです！」

「このひととおっしゃるのは？」

社長のキューレヴァインが訊いた。

警部は説明した。

「一時間ほど前に、キュルツさんのお宅から密画を盗み出した男でしょう、たぶん」

「なんですって！」

社長は口の中で言った。

背中を鳥肌《とりはだ》が這うのが聴こえるようだった。

「ザイラー君、きみは泥棒かい？」

青年は答えに窮して肩をすくめた。

「やむをえなかったんです！　キュルツさん、いま改めてお許しを願います。あなたのところへ泥棒にはいったことを！」

「いいですとも、いくらでも！」

キュルツはそう言って

「あんたはただはいったちゅうだけで、泥棒じゃねえんだから！」

ヨアヒム・ザイラーは言った。

「かなり複雑でしたからね。警察がわたしの部屋で捕えたのは、強盗団の一部分にすぎなかったような気がしました。わたしはただ、念のためにキュルツさんのソーセージ工場へ行ってみただけなんです。密画はもう、シタインヘーフェルさんのお宅に着いてたかもしれませんからね。ところがそうでなくって、あなたのソファの上にぶら下がってたでしょう！」

蒐集家は考えこんでいたが、

「あなたはヴァルネミュンデで盗んだのが、本物のほうでなくって、模写だったことをご承知だったんですか？　それとも間違って模写を持っていらしたんですか？」

「なんですって？　ザイラー君はヴァルネミュンデでも泥棒をしたんですか？」

キューレヴァイン社長は、明らかに息を切らしていた。

「そうです」

青年はひかえ目にそう答えて、

「やむをえなかったんです！　なかなか思うとおりにならないものです。ダンスホールで明りが消えたときは、エチケットどころじゃなかったです。わたしはトリュープナーさんのハンドバッグをあけて、すばやく手をつっこんで、密画を盗み出したんです」

警部はけげんそうに犯人を見つめた。

「あなたがヴァルネミュンデで盗まれたのが本物だったら、どうしてあなたの部屋にニセ物があったのでしょう？　それはそうと、一味をわれわれにお引きわたし下すって、どうもありがとうございました！」

「どういたしまして！」

青年はそう言って、

「本物とニセ物の密画については、操作はしごく簡単でした。明りが消えたとき、模写はまだテーブルの上に載っていました。それはちょっと前に、泥棒がキュルツさんにこっそり返してよこしたんです！　わたしは暗闇で、トリュープナーさんのハンドバッグから本物を盗んだんです。それからわたしはその本物を、ニセ物みたいにテーブルの上へ載せて、ニセ物を盗んだんです！　そしてニセ物を持って逃げたんです」

青年は考えて、おもしろそうにわらった。

「ねえ！　そうすれば敵も味方も、てっきりわたしが本物を持って逃げたと思うでしょう！　そうすれば、泥棒はトリュープナーさんとキュルツさんに対しては、全然なんの興味もなくなります。それからあとは、わたしと、わたしのポケットにはいっている、いわゆる〈本物〉を敵は追っかけて来るにきまってます。そうやって、うまいぐあいにやつらをヴァルネミュンデからわたしの家まで、おびき寄せたんです。それからやつらをわたしの部屋に閉じこめて、逮捕させたんです。ごらんのとおり、それは割合と簡単でした。――それからほんとうの〈本物〉はさしあたり安全でした。それからトリュープナーさんも、キュルツさんも」

「たいしたもんだ！」と、肉屋の親方は叫んだ。「傑作だ！　わっしゃあ、話を聴いただけでうらやましくなるです！」

蒐集家の老紳士は悠然とうなずいた。

キューレヴァイン社長は確かにがっかりした！　保険会社の営業としては、こんな方法は前代未聞だった。

ヨアヒム・ザイラーは報告をつづけた。

「わたしは、一味が特別警察隊に引っぱられて行くのを、行きつけのカフェから見物してたんです。するとそのとき、まだつかまらないでいた一味の首魁から、一通の手紙を受け取ったんです。そのすぐあとで、首魁がタクシーに乗ってそばを通ったんです。もっともりっぱな白い鬚は失くなっていましたがね、それでもすぐにわかったんです。それでわたしは、また新たに心配になってきたんです。わたしは大急ぎでヨーク街へ行って、キュルッさんの奥さんを訪ねたんです。もし密画がそこにあるとすると、どうしても安全なところに移さなきゃならないです。ヴァルネミュンデでは、わたしはニセ物を盗んだんですが、こんどはベルリンで本物まで盗むことになったんです。いっぺん足をすべらすと、とことんまですべって行っちゃうんですね」

「警察のオートバイ隊が追っている男は、一味の首魁ですか？」と、警部は訊いた。

「願わくはそうであってほしいと思ってるんですが」と、ヨアヒム・ザイラーは言った。

それから彼は少しぼんやりして、イレーネ・トリュープナーのほうに目をやった。イレーネ・トリュープナーは窓の外を見て、考えこんでいた。

「あなたは魔法をお使いになるんですか？」と、警部は訊いた。「鬚を剃った泥棒の首魁の乗っている、あのタクシーの番号を、よく紙片に書いて、交通巡査に投げつけるだけの暇がそれでありましたね？」

「魔法は使えませんよ」

青年はそう言って、

「紙片はわたしの知ったこっちゃないんです。それはわたしの友人のシトルーフェが、ばら撒いたんでしょう」

　キュルツは陽気に笑った。

「バウツェンのずんぐりは、あんたの友だちだったんですか？　あの男は逮捕されて、えらい場面を演じたですよ、あんた！」

「知ってます」

　ザイラーはこう言って、

「カフェで会いましたよ。それからわたしは、大急ぎであいつに泥棒の首魁のあとを追わせたんです。今ごろどこへ行ってるか、無事でいてくれりゃいいと思うんですが」

　警部は、シトルーフェという作曲家が、どうして逮捕されたか、社長に説明した。

「それはひどい！」

　社長は夢中でそう言って、

「うちの副支配人は偽名まで使ったんですか？」

「やむを得なかったんです」

　ヨアヒム・ザイラーはこう言って、

「わたしはコペンハーゲンで、トリュープナーさんとキュルツさんが、盗賊団の一味からつけねらわれておられるのを目撃したんです。それでわたしは、別な名前と別な口実で、このお二人とお近づきになろうと思ったんです。いざ事が起こった場合、いちばん近いとこにいなければなりませんでしたからね！」

イレーネ・トリュープナーは言った。

「ザイラーさんは、イレーネっていうライプチヒの従妹まで発明なすったんですよ。それからハノーヴァーで耳鼻科のお医者さんをしている従兄《いとこ》まで」

「従妹は嘘でした」

青年はそう言って白状した。

「しかし耳鼻科の医者は本当です！」

キューレヴァイン社長は指を揉《も》んだ。

「いったい、このわずか二、三日の間に、きみはいくつ犯罪を犯したんだい、え？」

「正確に数えたてろとおっしゃるんですか？」

「まあいい！」

キューレヴァイン氏は叫んだ。

「まあいい！　とにかく腰をおろしたまえ、犯罪者！」

ヨアヒム・ザイラーは腰をおろした。彼は猛烈に腹がへっていた。できるなら、その場で、最寄《もよ》りのアッシンガー〔ビア・レストラン〕へ駆けつけたかった。

警部が蒐集家と社長に、ホールバインの二つの密画の冒険談を、論理的かつ歴史的に、順序を立てて説明している間、青年は胃が鳴りはしないかと心配しながら、トリュープナーの顔をじっと見ていた。

警部が報告を終わると、蒐集家の、かわいらしい老紳士は立ち上がって、青年に手をさし延べた。

「わたしは衷心からお礼を申し上げます。それから賞金のお喜びを申し上げます」

「いったい何の賞金ですか？」と、ザイラーは訊いた。

「シタインヘーフェルさんは、密画を取り戻した者に一万マークの賞金をおかけになったんです」

警部はそう言って、

「きょうの新聞にはどれにも出ています！」

「わたしはまだ新聞を読んでいないんです。それどころじゃなかったんです！」

青年はそう言って、

「しかし一万マークはありがたいです。使い途《みち》には困りませんからね」

## 20　これで間違いなし

キューレヴァイン社長は、腰をかけたまま考えこんでいた。彼は、初めて知った事件の内容を、頭の中で咀嚼《そしゃく》していた。喜んでいいのか、怒っていいのか、まだわからなかった。実際また、二つのうちどっちを選ぶのが正しいか、困る場合がずいぶんある。なかんずく怒ることも喜ぶことも、努力を必要とする、分別のある人間にとっては。

ヨアヒム・ザイラーは、あんまりいつまでも社長が考えこんでいるので、「社長は、わたしが必要だと思ってとった措置に、多少とも不賛成でいらっしゃるようにお見受けしますが！」

「そうなんだ」と、社長は答えた。

「それからわたしが、その上一万マークの賞金までいただくことは、良風美俗に反する、とお考えになっていらっしゃるようにお見受けしますが」とザイラーはつづけて言った。

「そうなんだ」と、社長は言った。

青年は悄然《しょうぜん》と立ち上がった。彼の目はキラリと光った。

「こういうわけですから、シタインヘーフェルさん、せっかくですが、わたしは賞金をいただくのは断念いたします。遭難社長に対する救護基金とでもいうようなものがあったら、この一万マークは、その基金に払いこんで下さい。それから社長さん、わたしは即座に退職させていただきます！」

彼は簡単に頭を下げて、ドアのほうへ歩きだした。

しかし肉屋の親方キュルツのほうが速かった。彼はドアの前に立って、通せんぼをした。

「なんて気の短けえ男だ！」

キュルツはこう叫んで、

「そんなことはわっしが許さん！　ここは保険会社かそれとも幼稚園か？　シタインヘーフェルさんはホールバインを取り戻したし、会社は五十万マーク儲けたし、警察は強盗団を捕えたんだ。この上あんたは、使用人に何を望むですか、社長さん？」

「ブラボー！」

シタインヘーフェル氏はそう言って、そっと手を叩いた。

「もし退職をお許しになるんでしたら、この場でわたしがこの青年《かた》を雇います。それからザイラーさん、賞金はあなたが要ろうと要るまいと、あなたのものです！　あなたはまさか、わたしを侮辱なさらないでしょうね！」

パパ・キュルツは青年の脇の下に腕を差しこんで、むりやりに部屋の中に連れ戻った。

キューレヴァイン氏は立ち上がった。彼はおずおずしていた。

「わたくしはザイラー君の辞職を認めません。皆さん、お赦しを願います。とんだ会議で、とんだ時間を費やしました。わたくしは事務室へ行かなきゃなりません。つまらない雑用が待っておりますので」

それから彼はザイラーのほうをむいて、

「ザイラー支配人。帰る前にまだきみに話があるから」と、言った。

それから彼は出て行った。ふだんと変わらず、スマートに、堂々と。名人も練習次第という諺《ことわざ》がある。

ホヤホヤの新支配人を囲んで「おめでとう！」の一斉射撃がすむと、キュルツ氏は満足そうに言った。

「あの社長は思ったより頭がいいですな。社長にゃあ、いい勉強だったですよ。あの年配としては、これは、じつにてえしたこってす！」

警部は時計をみてびっくりした。

「わたしは失礼しなきゃなりません。わたしも事務室に帰らなきゃならないです。ザイラーさんが部屋の中へ閉じこめて下すった連中が、わたしと話をつけたがって、ヤキモキしていますから」

「部屋のことなんか思い出させないで下さいよ！」

青年は頼むようにそう言って、

「やっこさんたち、特別警察隊にやってこられて、おそらくわたしの貧弱な家財道具を、すっかりバリケードにしちまってるだろうと思うんです」

蒐集家は青年に一枚の小切手をわたした。

「支配人さん、これは賞金です。あなたのお住居《すまい》の損害は、もちろんわたしが弁償いたします」

ふたりは握手をした。ザイラーが礼を述べると、蒐集家は手を挙げておし止めた。

「このホールバインは」

彼はこう言って、木箱を指差した。

「この年寄の気違いにとっては、数字で表わされた以上の意味があるんでしてね。家具を新たにお求めになるときは、トリュープナーさんがご相談相手になるでしょう」

「それはすてきです！」

ザイラーは感激した。

「わたしはトリュープナーさんの趣味を非常に高く買ってるんです」

ドアを叩く音がした。

警官が一人はいって来て、踵《かかと》をカチッと合わせた。

「警部殿、クリューガー警視のご命令で参りました。KDWのショーウィンドーから引っぱり出した男をお目にかけろ、とのことであります。お邪魔でしょうか？　警視殿のお話では、その男の個人識別をしたり、その他大事な陳述をされるかたが、ここにおられるそうでありますが」

「どうして未決監をそっくり、いっしょに持って来なかった？」

警部はそう言って、

「よし、その男を連れて来たまえ！」

警部補は廊下の外へ声をかけて、横へ退《の》いた。数人の警官が、パリッとした身なりの老紳士を一人、部屋の中に連れて来た。老紳士はきれいに顔を剃っていた。彼は悠然とあたりを見まわしていたが、ヨアヒム・ザイラーを発見すると、高い額に皺を寄せた。

警官の後からずんぐりの作曲家シトルーフェが、フラフラと部屋にはいって来た。ブロンドの長髪が房《ふさ》になって、顔に垂れ下がっていた。ネクタイが横っちょにずれていた。

「ぼくは一生に二度と、あなたにお目にかかることはないと思っていましたよ」

シトルーフェは容赦なく警部にこう言った。それからほかの連中にあいさつをすると、最後に友だちのザイラーにむかって、

「どうだい、おい、これでよかったんだろうね？」と、言った。

「まさに間違いなしだ」

ザイラーはこう答えて、

「白い鬚《ひげ》はなくなってる。それから黒いめがねもだけれど、手紙の好きな紳士は残ってるよ」

「ほんと」と、イレーネ・トリュープナーはささやいた。

「たしかにこのひとだわ」

「そうだ、パンジオン・クルチウスの紳士だ！」

肉屋の親方キュルツはびっくりして、言った。

「またお目にかかったですな！」

「この顔はお目にかけないですませたかったですよ」

相手は愛想よくこう言った。

「きみの名は？」と、警部は訊いた。

「ホルン教授」

「思い違いじゃないか？」

警部はこう言って、

「きみは教授じゃなくって、クロッツじゃないかね？」

「そうかもしれません」

盗賊団の首魁はこう言って、

「そうでないと申し上げると失礼になりますから」

「妙なめぐり合わせだね」

警部はこう言って、

「今まできみの会社が窃盗を働いて、われわれの手につかまらなかったことは珍しくないが、きみたちが窃盗に失敗して、われわれの手につかまったっていうのは珍しいね」

「まったく」

教授はこう言って、

「今までにないことです！　それってのが、あの若造のおかげですよ」と、ザイラーを指さした。

「わたしゃこの部屋にはいるまで、あのひとは仲間の競争者だと思ってましたよ。あのひとは自分の才能を、いわゆる人間社会の有用な一環として浪費してるってことが、やっと今わたしにはわかりました。残念ながらね！」

彼はあざけるようにザイラーを眺めた。

「こういう社会であなたにお目にかかることは、わたしゃじつに悲しいですよ。あなたはいろんなおもしろい冒険をあきらめて、偉大な将来を棒に振ってるんですよ」

彼は肩をすくめた。

「もうこんなところで失礼さしていただきたいもんですな」

「結構な提案だ」

警部はそう言って、警官に合図をした。警官たちはクロッツ氏といっしょに部屋を出た。

――犯人の追跡に成功したシトルーフェは、名刑事として警部からお褒めにあずかった。

作曲家はそのお世辞を辞退して、

「ザイラーがぼくの名前をかたったやつを教える、って約束したから、やったまでです。思いきり張り飛ばしてやらないことには、腹の虫が収まらないですよ」

「ニセ物のシトルーフェがだれだったか、ご存じないんですか？」

イレーネ・トリュープナーがあきれたように訊いた。

「全然見当もつかないです」と、シトルーフェは言った。

キュルツがクスクス笑った。

「なんだ、今そいつの横面《よこつら》を張り飛ばしたらいいじゃねえですか？」

「なんですって？」

ずんぐりの音楽家は肉屋の親方を見つめた。

「この部屋の中に、そいつがいるんですか？」

ほかの連中がうなずいた。

「おい、ザイラー」

シトルーフェはこう言って、

「このうちのだれなんだ？ 早く言えよ！ ひとを苦しめるのもいいかげんにしろ、拷問はとっくに廃止になったんだぜ！」

「おれだったんだよ！」

青年はこう言って、

「ルーディ、悪く思わないでくれよ。ほかの名前がちょっと頭に浮かばなかったんだ。さあ、思いきり殴ってくれ。殴り返しゃしないから。約束するよ」

シトルーフェはぐあいが悪そうにわらった。それから彼はザイラーの肋骨《あばら》をグンと突いて、

「友だちの間でか？ いやあ、やめたよ！ せっかく握り締めたこの拳固を、いったいお

れはどこへ持ってったらいいのかわからなくなっちゃったよ！」

「それはたしかにやりきれない気持でしょうな」

やさしい年寄のシタインヘーフェル氏が言った。

警部は保険会社の建物を、蚤《のみ》取り眼でまだ見張っていた私服たちを、送り帰すために出て行った。

シタインヘーフェル氏は電話で自動車を呼ばせた。彼らは腰をかけて待っていた。キュルツは作曲家に、ザイラーがコペンハーゲンとベルリンの間で出会ったいろんな冒険談をして聴かせた。話しながら、彼は両手を振りまわして泳ぐようなかっこうをした。いくら振りまわしても足りなかった。事件が終わってまだ何時間もたたないのに、主人公の青年の行動が、たちまち等身大以上の大きさにふくれあがった。

年寄の蒐集家はわらって、耳を傾けながら、考えた。〈民衆の口が開いている。見ろ、その口は六十四本の歯を持っている！　昔は人間は竜を殺したものだが、今は紳士詐欺師をやっつけるのだ。枝葉末節だけが変化したのだ。神話の形成は技術以上に生命が長い〉。歴史哲学的な想像に巻きこまれるに従って、いつの間にかだんだんキュルツの話が耳から聞こえなくなった。

ザイラーも聞いていなかった。彼はイレーネ・トリュープナーの隣に腰をかけて、二十四時間前と同じことを、また訊いた。

「また仲なおりしませんか？」

彼女は問いに答えないで、こう言った。

「支配人さん、わたし今晩お宅へうかがいますわ、そうして損害を拝見させていただきますわ。そうすれば明日、ごいっしょに新しい家具を買いに行けますわ。わたしお値段が安くって、サービスのいい家をいろいろ知ってますわ」

彼は黙っていた。

「今晩七時ごろおさしつかえございません？」

彼女はそう言って、

「あなたはわたしのすぐそばにいらっしゃるのね、ホルツェンドルフ街じゃございません？　番地は何番地ですの？」

彼は憎らしそうに彼女を眺めていた。まっかに燃えている炭のような目で。

彼女は言った。

「あら、ちがった！　ホルツェンドルフ街じゃなかった。あれはでたらめだったんだわねえ？　ほんとのアドレスおっしゃって下さいません？　でも、大体ではだめよ、正確におっしゃらないと！」

彼はからだを引いて、言った。

「せっかくですが、ぼくはあなたのご援助を断念しますよ。テーブル一つと、椅子を二つ三つくらい、ぼくひとりでも買いに行けます」

「主人からお手伝いするように言いつかってますの。七時にうかがいますわ。わたし事務的なことは、とても正確なのよ」

彼は火のついたアルコール焜炉《こんろ》の上にでもすわっているように、椅子の上であっちこっち尻をすべらしていた。

「ぼくはドアをあけませんよ。来ないだっていいですよ。お手伝いなんかどうでもいいですよ。それよりも、一生涯鶏小屋に住んでいたほうがいいです」

「じゃあ七時よ」

断固と彼女は答えて、

「そう決まったわ」

ザイラーは勘忍袋の緒が切れた。彼は飛び上がった。

「来られるもんなら来てごらんなさい！」

大声で彼はそう言った。

「もし来たら階段からほうり出しますよ！　ぼくんとこは五階ですからね、落ちでがありますよ！」

彼は部屋の外へ駆け出して、ドアをパタンと締めた。

「いったいぜんたい、何ごとです！」

キュルツはビックリして言った。

「どうしたんですか？」

「なんでもないんですの！」と、トリュープナー嬢は言い張った。

「さあ、どうでしょうかね！」

ずんぐりのシトルーフェ氏はそう言って、

「ぼくは階段からほうり出すなんて言われたら、もっと重大にとりますがね」

「でも、あのかたは、あなたにおっしゃったんじゃなくって、わたしにおっしゃったんですわ」

彼女はそう言って、

「その点が違いますわ！」

蒐集家は両手を揉んだ。これはとにかく血液の循環が不充分なことと関係はあったが、それにしても彼はひどく満足を感じているような印象を与えた。

「それが脅迫でなかったとすれば、愛の告白にすぎなかったのかもしれませんよ」と、蒐集家は看破した。

「ほんとですか？」

　キュルツはこう言って、

「え、それだったらおめでとう。わっしゃあ心からお祝い申しますよ。わっしゃあもう久しく、教父の役をつとめたことがねえだで」

　階段からほうり出すぞと言われて、お祝いのことばを述べられ、それを受け入れるというのは、世のならわしではなかったが、イレーネ・トリュープナーはきれいな顔を傾けて、

「ありがとうございます、みなさん」と、言った。

　小使が、シタインヘーフェルさんのお車が参りました、と知らせに来た。

　人びとは立ち上がった。

　蒐集家は肉屋の親方を引きとめて、小さな木の箱をわたした。

「もうすこしで忘れるところでした！　ホールバインの模写です。こりゃあとっくにもう、あなたのものだったんですが、もう一度、こんどは永久に差しあげます」

　キュルツは蒐集家の手を握って、箱をポケットに入れた。

「これは永久にわっしの記念にしときます。エミリエにゃ板チョコ一枚買ってやるです」

部屋の中がからっぽになったのは、せいぜい長くて三十秒くらいだった。
そのときイレーネ・トリュープナーがこっそり引き返して来た。彼女は受話器をはずして、ザイラー支配人のところへつないだ。

「ハロー!」

彼は声がしゃがれていた。

彼女は返事の代わりに、唇をとがらした。

「ハロー!」

彼は不機嫌に呼んだ。

「どうしたってんだ! モシモシどなた?」

「イレーネよ」

彼女は小さな声で言った。

「また仲なおりしましょうか?」

シタインヘーフェル氏は自動車に腰をかけていた。

「わたしの秘書はどこでしょう?」と、彼は訊いた。

ルーディ・シトルーフェは保険会社の玄関を指さした。三人の男たちはほほえんだ。

キュルツが車のそばへ来て言った。

「シタインヘーフェルさん、じつはちょっとお願いがあるんでごわすが？」

「ようござんすとも、なんですか？」

キュルツはポケットから小さな箱を出して、蒐集家にわたした。

「もう一度ちょっとごらんになっていただきてえですが、確かに本物でしょうかな？　もしニセ物だと困るで……」

シタインヘーフェル氏はわらった。

「確かにニセ物です」

「いや、わっしのニセ物ちゅうのは本物のことなんで」と、パパ・キュルツは説明した。

「ようござんす！」

蒐集家はポケットから虫めがねを取り出し、箱をパタンとあけ、キュルツに贈った密画《ミニエチュア》を眺めてびっくりした。

「なるほど！」

彼はこう言って、

「あなたにあげたのが本物でしたよ！」

「えれえこった、そりゃあ！」

パパ・キュルツはささやいた。

「何もかも初めからやりなおしになるところでした！　冗談じゃねえですよ！」

シタインヘーフェル氏は、本物のホールバインをしっかり胸のポケットにしまって、もう一つの箱をキュルツにわたした。

「もうこれで間違いなしだ！」

その瞬間にイレーネ・トリュープナーが建物から現われ、三人の紳士のほうをむいて幸福そうにうなずいた。

# 訳者あとがき

エーリヒ・ケストナーは一八九九年にドイツのドレスデンの近くで生れた。一九二八年に詩集『腰の上の心臓』を発表して、一躍近代ドイツ詩壇の寵児《ちょうじ》となった。これに続いて三冊の詩集を上梓《じょうし》したが、それらの詩は、ほとんど自殺に等しいまでに痛烈な自嘲をまじえて、人間の惰性的な精神を攻撃し、ナチの独裁を予言し、戦争による人類の破滅を警告した諷刺詩であって、中でも「君知るや大砲の花咲く国」とか、「もしもわれわれが戦争に勝っていたら」のような詩は、当時ヒットラーの政府をカンカンに怒らしたものであった。ケストナーの作品は、少年もの以外は、一九三三年に全部焚書《ふんしょ》に付せられ、ケストナー自身は禁止作家として、いっさいの作家活動を封じられてしまった。焼かれた詩の大部分は後に二冊のアンソロジーとなって、スイスで出版された。『ドクトル・エーリヒ・ケストナーの叙情的家庭薬局』（邦訳『人生処方詩集』東京創元社／（岩波文庫））と、『自著一覧』がそれである。焼かれなかった少年ものとして邦訳されているものに『エミールと探偵たち』（岩波少年文庫）、『ピュンクチヘンとアントン』（邦訳『点子ちゃんとアントン』岩波少年文庫）、『飛ぶ教室』（東京創元社・世界少年少女文学全集第十六巻／〔新潮文庫ほか各社文庫〕）、『エミールと三人の双子《ふたご》』（邦訳『エミールと軽わざ師』新潮社）、『五月三十五日』（中央公論社ともだちシリーズ）、『ふたりのロッテ』（岩波少年文庫）がある。

一九二九年に『エミールと探偵たち』が出ると、ケストナーの名はたちまち少年少女文学の第一人者として、世界の市場を征服してしまった。

一九三一年に小説『ファビアン』（邦訳、新潮文庫／〔みすず書房〕）を書くと、これがまた類例のない諷刺的な戦後小説として、一躍ケストナーを国際的に有名にしてしまった。類例がないのは、この小説の持つ文明諷刺と社会批評の鋭さばかりではない。また斬新な着想と、新鮮なファンタジーと、エロティシズムと、詩情ばかりではない。かれの作品にもっとも特異な性格を与えているものは、ドイツ文学に非常に珍しい、いわばドイツ文学における一つの突然変異とも言っていいユーモアである。一九三三年から一九四五年まで、十二年間ケストナーは執筆を禁じられていたが、そのつれづれにかれは三冊のユーモア小説を書いた。

『雪の中の三人男』（一九三四年、邦訳、白水社／〔創元推理文庫〕）、『消え失せた密画』（一九三六年）、『小さな国境往来』（一九三八年、邦訳『ザルツブルク日記』白水社／〔のち『一杯の珈琲から』創元推理文庫〕）がそれである。

『ファビアン』を読んで、ケストナーの小説のほろにがさと社会批評の辛辣《しんらつ》さに接した読者は、同じ作者のその後の三つの小説を読んで、奇異の感をいだかないではいられないだろう。これはまったく『ファビアン』とは別なジャンルに属する小説だからである。『ファビアン』をかりに純文学の小説とするなら、これは日本の娯楽小説に相当する。ケストナーと娯楽小説、およそ縁のなさそうな組合せである。いったい、どういう意図をもって、ケストナーは、大人の読者を対象に、こんな泡立てクリームのような小説を書いたのであろうか？

戦後ケストナーは『日々の雑貨』（一九四九年、邦訳『現代の寓話』文芸春秋新社）というエッセイ集をあらわしたが、その中の「隻眼の文学」というエッセイの中で、ドイツ文学は片眼の文学だということを言っている。なぜかというと、ドイツの古典作家達は申し合わせたように、ほとんど皆、その作品の中で笑いに顔をそむけているからだ。額にむずかしい皺を寄せて、同じ絶望をしょっちゅう新しい紙に書くよりも、作者自身の心に内面的な陽気さを得ようとすることのほうが、どれだけ骨が折れるかしれない。人生をむずかしく考えることはやさしく、人生を気楽に考えることはむずかしい。このことはほかのどんな時代にも増して、今日のわれわれにとっては非常に大切なことだと言っている。そして、軽文学が軽蔑されるのは、提出された軽商品の質が不充分なためであって、軽文学そのものが全然無価値だとは言えないとも言い、そんなことを言えば、昨今発表されるドイツの悲劇だって、大半が無価値なものにすぎない、と言っている。

このことばから推して、ケストナー自身の三つの軽小説は、額にむずかしい皺を寄せて、いたずらに深刻がっている、いわゆる「糞真面目《くそまじめ》な文学」に対する一つの揶揄《やゆ》であると同時に、低級卑俗な通俗小説に対する一つの挑戦として、おそらく相当な抱負をもって書かれたものではあるまいかと思われる。

伝道を禁じられた伝道師のように、諷刺を禁じられた諷刺作家のケストナーは、その才気と機知と、詩的空想と、要するにかれの作家的天分のすべてを惜しみなく捧げて、この三冊のユーモア小説を「八歳から八十歳までの子供たち」に贈ったのであった。

ちょうど一九三五年の六月に、訳者がベルリンの消印でケストナーから受け取った手紙に、「この次にわたしはユーモラスな犯罪小説を書き始める」と、書いてあった。あとから考えると、それが『消え失せた密画』であった。この小説は出だしは比較的テンポがゆるやかであるが、章を重ねるに従って、動きが多くなり、スリルが加わって、最後まで一気に読者を引っぱってゆく。あと味のいい飲み物のように、読み終ったあとになんとも言えない上品な、清潔な、気のきいた、こころよい余韻が残る。まことにあざやかなものである。いったい作者はこの小説の中で何を書こうとしたのか？　それを詮索するのはおそらく野暮だろう。

# 解説

深緑野分

あなたは今、どこまでもキュートなコメディ・サスペンスを読み終わった。大人向けのソリッドで危険な犯罪小説とは違い、笑いと温かみがあり、平易なので小学校高学年から読める。愛すべき精肉店の親方に、間抜けな悪党たち。列車内の名画盗難トリックから、パーティー会場での大立ち回り、カーチェイスに変装、あっと驚く犯人の正体と動機と内容も盛りだくさんだ。読めば間違いなく楽しい気持ちになれる、いい本である。

本書から彷彿とするのはアメリカの映画監督フランク・キャプラだ。『素晴らしき哉、人生！』『スミス都へ行く』などの世界的な名監督で、とりわけ『或る夜の出来事』は、設定や物語は違えども、さっきまで他人だった者同士の珍道中という点、可愛らしさやドタバタ、笑いや爽やかさが共通している。ちなみにキャプラとケストナーは二歳違いの同世代で、『或る夜の出来事』は一九三四年、『消え失せた密画』は三五年に発表された。

しかし歴史に興味がある方なら、一九三五年当時のドイツは国民社会主義ドイツ労働者党、すなわちナチスの独裁下にあったことをご存じだろう。そしてケストナーは現在「ナチスに抵抗した作家」として知られている。作風が似ているなんてよくある話だが、自由を標榜するアメリカで暮らす作家と、民族や思想の迫害を行った独裁国家ナチス・ドイツで暮らす作家とでは、話が違ってくる。さて『消え失せた密画』を読み終えたあなたは、「抵抗作家」であるはずのケストナーがこの時代にこれほど明るく楽しい、言うなれば「のんきな」娯楽小説を書いたことを、どう考えるだろうか。

一九九九年にドイツの文学者スヴェン・ハヌシェクはケストナーの伝記を発表し、彼の手紙や日記などの一次資料を検証した結果、独裁開始以降のケストナーは具体的な反ナチ運動をしなかった、「ささやかな妥協」にすぎなかったと指摘した。またヒトラーが権力の座についた段階でもなお「（ナチスの独裁は）そんなに長くは続かないだろう」「そんなにひどくはなるまい」と思い込んだことを非難している。

私たちは時計の針を巻き戻さねばならない。せっかくの楽しい気分に水を差して、残酷で陰惨な歴史的背景に目を向け、この本が書かれた当時を知らなければならない。勉強のためというより、息を殺すほどの逆境にある時に作家が書いた本から読み取る行為ほど生々しいものはないからだ。

カエルを水に浸からせて徐々に温度を上げると、カエルは危険に気づかず茹でられて死ぬという話がある。しかしケストナーが単なる鈍い茹でガエルかというと、そうではなさそうだ。確かに政権獲得時のナチスは、現代で誤解されているような「万雷の拍手の中、大衆の支持を集めた」状態とは言えなかった。投票率八〇％だった一九三二年十一月の総選挙でも得票率は三三％程度で、合計数では敵対するリベラルと左翼党がまだ半数以上を獲得していたし、ヒトラーは過半数に満たない議席数を別の保守党と連立することで埋めた。

　この状態を見て「まだ覆せるだろう」と考えても不思議ではないが、すぐに考えを改めるべき出来事が起きる。ヒトラーは支持を増やすため、敢えて一ヶ月余り後に再総選挙の実施を決定。再総選挙直前に起きた国会議事堂放火事件の犯人として共産党員を逮捕、連帯責任で共産党を解散させ、世論の支持を自らに向けさせた。それでもまだ得票率は四三・九％だったが、危機感を煽って「全権委任法」を可決、ヒトラー内閣が議会を通さず法律を作り、発布できるようになってしまった。

　反抗すれば逮捕され、仕事を奪われ、財産も没収される。強制収容所も建設中だ。この頃に国外へ亡命した著名人は多かった。当時すでに人気絶頂の作家だったケストナーも、一度ドイツを出てチューリッヒに滞在する。しかし友人たちや最愛の母からの亡命の勧めを断り、「ぼくらのやり方で政治体制と対決する義務があるじゃないか」と答えて、ベルリンに戻った。

ケストナーは自らの本が燃やされるのを目撃した三三年五月の段階で、状況がよくわかっていたが、それでも他の作家たちにここに留まろうと訴えさえした。ライバルだった思想家ヴァルター・ベンヤミンからは「甘さ」を指摘され、ファシズムがもたらす危険の過小評価だと非難されている。特にユダヤ人だったベンヤミンにとってケストナーの態度は腹立たしかっただろう。ベンヤミンはナチスに追われ、四〇年にフランスで自殺した。

そしてケストナーは三四年『エーミールと探偵たち』以外の全作品が販売・閲覧禁止、新作の執筆と出版も禁止となり、作家生命を絶たれそうになる。しかし外貨不足に悩んでいたナチスは、スイスでの出版を許可する。当時はまだ本の輸入が可能だったため、ケストナーはスイスのAtrium社を経由し、新作をドイツに輸入させた。それが『雪の中の三人男』『消え失せた密画』『一杯の珈琲から』などだ。また後に、ナチスが買収した国営映画会社ウーファ制作の『ミュンヒハウゼン』の脚本を書き、「もっとコミカルなドイツ映画を」という宣伝相ゲッベルスの意を汲んでしまった。

これらの創作活動について、当時の亡命作家たちからは「権力に屈した」と失望され、後年になっても批判の的となった。しかし人類がもっとも暗く落ち込んだ時代に、いったい誰が「正しい行動」を起こせただろうか。亡命すれば逃げたと罵られ、留まれば加担したと責められ、後に残された道は抵抗運動に参加することだが、世界各地で激しい抵抗運動が起きたがいずれも失敗に終わり、ほとんどが処刑された。当人だけでなく家族や同僚も尋問され、場合によっては殺された。生活費を稼ぐには働くしかないが、雇用主は全員、独裁者の息がかかっている。銃声もなく、団らんの最中に秘密警察が飛び込んで来ることもない、いわば安全圏にいる私たちは、彼らをどう判断すればいいのだろうか。最終的に十二年にも及んだ独裁体制を終わらせられたのは世界大戦でしかなかったほどの巨悪に向かって、小さなナイフをひとりの人間に握らせ「正義のために犠牲となれ」と囁くことが、本当に正義だろうか。

しかし行動しなければ何も変えられない。どれほど小さくとも行動はいつか実を結ぶ。そして人の信念は、必ずしも表に出ていて、わかりやすく輝いているものではない。ケストナーは士官候補生時代にひどいしごきを受けたせいで重い心臓病となり、横暴で無知な権威主義も、軍国主義も戦争も、愚かで憎むべきものだとよく理解していた。そして作家になると自由と平和主義、「互いに親切に」の心を詩や物語に入れた。時にはまるで『ファビアン』の主人公のように、失業者を見かけると食料や交通費を渡した。『消え失せた密画』も含め、独裁下で執筆した娯楽作品では、確かに「抵抗作家」の名に相応しいような直接的なナチス批判はしていない。しかし現・学習院大学文学部ドイツ語圏文化学科の伊藤白准教授にケストナーについて伺ったところ、「ナチ時代を生きた人で〝白〟な人はほとんどいないという意味においては、ケストナーもグレー」としつつ、「白に近いグレーと考える」という前提のもと、『消え失せた密画』にはナチスへの間接的な批判や皮肉がちりばめられているとの指摘を頂戴した。

　例えば悪人にも日が当たるのは太陽の無精だという考えの披露や、「世の中にはこういう景色を眺める値うちのない人間が大ぜいいる」といった表現は、暗にナチスやヒトラーに向けていると思われる。より直接的なのは「このろくでなしの不良青年！　人相と性格の関連性なんて、でたらめだわ！」の台詞だ。ナチスは人種を「優等（主にアーリア人や北欧人）」と「劣等（主にユダヤ人やスラブ人など）」に分け、人相が良ければ（つまり優等人種であれば）性格も美しいといった偽の科学を流布、学校教育にまで及んだ。その状況からこの台詞は、ナチズムに対するかなり踏み込んだ批判と思われる（物語の結末から振り返ればねじれてしまうが、そうすることで当局への言い訳に使えると考えた可能性がある）。

　更に、犯人と間違えられ逮捕される「彼」のセリフや怒りは、もちろん作品用にかなり薄めているだろうとはいえ、「別の場所に住んでいると勘違いされて」秘密警察から尋問を受けたケストナー自身の経験が活かされている。

ナチスの気配を取り去った『消え失せた密画』は、鬱屈とした市民の心を癒やしたかもしれない。在りし日の善良だった人々、悪くなかった国を思い出し、つかの間の安らぎと娯楽を得たかもしれない。密かに仕込まれた風刺の毒針に気づき、にやりとした読者もいたかもしれない。それを柔らかな抵抗と呼んでも差し支えないと思うが、しかし結局、人気を維持するゆえにケストナーは党に利用され、望まない形で加担せざるを得なかったのも事実だ。前述の伊藤准教授の指摘によれば、特権的立場の彼と違い、人気を得られずに衰弱、病死したり、道徳と信念を貫いて自死した作家も大勢いる。

　文学は、薬にもなれば毒にもなり、平和を訴えることもできれば、憎しみを植え付けることも、人を殺せと煽り立てることさえできる。文学を記す才能を持った者は、最悪の状況にある時、その力をどのように使えるだろう。そして文学を読む者は、何を読み取り、何を学べるだろう。

『消え失せた密画』の楽しい読後感からは遠く離れてしまったが、しかしこの場所こそが、作者が立っていた場所に違いない。そしてまた我々にとっても、そう他人事ではないのである。

（ふかみどり・のわき　作家）

編集付記

一、本書は Erich Kästner, *Die verschwundene Miniatur*, 1935 の全訳である。

一、底本は創元推理文庫版（一九七〇年）を用いた。ただし訳者あとがきについては、初期のもの（「世界大ロマン全集」一九五七年）を収録した。

一、本文中の、（　）の割注は訳注を示す。また現代と表記が大きく異なる固有名詞やわかりにくいと思われる文言について新たに〔　〕で編集部注を補った。

一、明らかな誤植と考えられる箇所は訂正し、ふりがなを適宜加除した。

一、本文中に今日の人権意識に照らして不適切な語句や表現が見受けられるが、訳者が故人であること、発表当時の時代背景と文化的価値を考慮し、底本のままとした。

DIE VERSCHWUNDENE MINIATUR

by

Erich Kästner

1935

『消え失せた密画』一九七〇年、創元推理文庫

中公文庫


消《き》え失《う》せた密画《みつが》

2024年４月25日　初版発行

著　者　エーリヒ・ケストナー

訳　者　小《こ》松《まつ》 太《た》郎《ろう》

発行者　安部 順一

発行所　中央公論新社

〒100-8152　東京都千代田区大手町1-7-1

電話　販売 03-5299-1730　編集 03-5299-1890

URL https://www.chuko.co.jp/

ＤＴＰ　ハンズ・ミケ

印　刷　三晃印刷

製　本　小泉製本





Published by CHUOKORON-SHINSHA, INC.

Printed in Japan　ISBN978-4-12-207513-9 C1197

# 中公文庫既刊より

各書目の下段の数字はISBNコードです。978－4－12が省略してあります。

チ-1-3
## 園芸家12カ月 新装版
カレル・チャペック
小松太郎 訳

園芸愛好家が土まみれで過ごす、慌ただしくも幸福な一年。終生、草花を愛したチェコの作家チャペックによる無類に愉快なエッセイ。〈新装版解説〉阿部賢一

206930-5

タ-8-1
## 虫とけものと家族たち
ジェラルド・ダレル
池澤夏樹 訳

ギリシアのコルフ島に移住してきた変わり者のダレル一家がまきおこす珍事件の数々。溢れるユーモアと豊かな自然、虫や動物への愛情に彩られた楽園の物語。

205970-2

シ-1-2
## ボートの三人男
J・K・ジェローム
丸谷才一 訳

テムズ河をボートで漕ぎだした三人の紳士と犬の愉快で滑稽、皮肉で珍妙な物語。イギリス独特の深い味わいの傑作ユーモア小説。〈解説〉井上ひさし

205301-4

ク-1-2
## 地下鉄のザジ 新版
レーモン・クノー
生田耕作 訳

地下鉄に乗ることを楽しみにパリを訪れた少女ザジ。ストで念願かなわず、街で奇妙な二日間を過ごす。文学に新地平を拓いた前衛小説。〈新版解説〉千野帽子

207120-9

サ-7-1
## 星の王子さま
サンテグジュペリ
小島俊明 訳

砂漠に不時着した飛行士が出会ったのは、ほかの星からやってきた王子さまだった。永遠の名作を、カラー挿絵とともに原作の素顔を伝える新訳でおくる。

204665-8

ハ-6-2
## チャリング・クロス街84番地 増補版
ヘレーン・ハンフ 編著
江藤　淳 訳

ロンドンの古書店に勤める男性と、ニューヨーク在住の女性脚本家との二十年にわたる交流を描く書簡集。後日譚「その後」を収録した増補版。〈巻末エッセイ〉辻山良雄

207025-7

コ-7-3
## 若い読者のための世界史 改訂版
E・H・ゴンブリッチ
中山典夫 訳

『美術の物語』の著者がやさしく語りかけるように、時代を、出来事を、そこに生きた人々を活写する。各国で読みつがれてきた〝物語としての世界史〟の古典。

207277-0